そよ吹く南風にまどろむ

ミゲル・デリーベス著
喜多延鷹訳

彩流社

Siesta con viento sur

Miguel Delibes

目次

死装束——La mortaja

谷、といっても厳密にいうと、ふつうによくいう谷ではない。頂が白く、人を寄せ付けないような山並みに囲まれた埃の多い盆地である。谷には厳密にいって、季節は冬と夏の二つしかない。冬は厳寒、夏は猛暑と厳しく、極端で情け容赦がない。五月が終わると、むっとして萎えてしまいそうな熱気が、粘土質の山頂からまるで溶岩流のようにゆっくりと下降してくる。この熱気は、旬日の中に、残っている冬の湿気を吸い取っていく。すると盆地の底は水分がなくなり、亀裂が生じる。川は縮み上がり、こげ茶色に濁った水は数日でガラスびんのようにきらきらと輝いて透明に近い緑色に変わっていく。太陽に急き立てられて小麦は穂を出すが、実をつけたかと思うと、早くも麦秋となる。六月初旬、この盆地に緑をとどめるのはたった二つしかない。それは、川べりのシダの茂みと、川の流れのすぐ近くに建っている三棟の建物をすっぽり陰で覆ってしまうブドウ棚だ。盆地にあるその他のものは、死の砂漠の黄色を呈していた。それは熱気であり、熱気の下、メロンの種が蒔かれ、小麦が刈り取られる。余寒のころ、南エストレマドゥーラから飛来していたウズラが巣を離れ、土手にうず高く積んであるワラの中に涼を求める。盆地はまるで、微小な粘土の粒子とコムギヌカの入り混じった煙の息を吐いているようだ。両側をブドウ畑に挟まれた大きな建物からは夏冬一年中、ボンボン、とリズミカルだが気味悪い音が聞こえていた。まるで大きな心臓の鼓動のようであった。

白い家のそばの道端で、男の子が陽光の下で遊んでいる。少年の右手、小麦畑の上でオオタカが羽ばたきしながら空中で止まったまま、その身を浮かせるようにして虫を捕獲していた。午後はこの谷を柔らかく包み込んでいた。くたびれたジャケットを着た男が山裾からやってきた。少年のそばを通り過ぎたが、少年には一瞥もくれず玄関のドアを足で押して中に入ると、着ているものを片っ端から脱ぎ捨て、裸になるとベッドカバーを取り払おうともせず、そのままどっと倒れこんだ。すると、とたんに引きつるような鼾《いびき》をかき始めた。

センデリネス少年は、男がドアの中の暗がりに消えるまで目で後を追ったが、すぐ、また遊び始めた。

お前の父さん、女みたいな名前だなと言われて、一時期少年は落ち込んでしまったことがある。こんなにも筋骨隆々として強そうな父さんのことをそう言われるのがなんとも悔しかった。ずっと以前、親子間が冷え切る前のことだが、センデリネス少年は、トリニダー〔「三位一体」。父なる神と、子（キリスト）と、聖霊は本来一体であるというキリスト教の教義。文法上の品詞は女性名詞〕というのは本当に女の名前かと父に尋ねたことがあった。父さんは答えた。

「意味は取り様さ。トリニダーというのはな、三人の神様という意味〔三位一体が真の意味。これは勝手な解釈〕で、三人の女神様じゃねえ。わかるか。それは別にして、父さんの友達は間違いがないようにと、トリノ〔文法上の品詞は「三位一体の」という男性形容詞〕と呼んでくれてる」

　センデリネス少年は友達のカノールにこの話をした。そのころ、道路工事が行なわれていて、二人は午後になると、道端に積んであるタール缶の上によく座り込んでいた。やがて、カノールは発電所の仕事をやめて町に行き、親戚の家に住むことになった。クリスマスになると発電所に帰ってきた。

　そんな時カノールは、トリニダーは女の名前だ、「ダー」で終わる名前はみんな女名前だと言って頑として譲らなかった。センデリネスは頭の中でいろんな名前を思い浮かべたが、ダーで終わる男の名前は思い浮かばなかった。しかし引き下がらなかった。

「だけどな」。とってつけたような理屈をこねた。「体重が百キロを超える女の人っていねえと思うな。ボクの父さんは百キロ以上だぜ」

　夏の午後、発電所わきの川の広くなった瀞《とろ》では、まだ誰も泳がなかった。誰も水に浮くことができないのだ。コンクリートのダム伝いに川の向う側に渡ろうとする子供もいなかった。かつて、センデリネスがそこを歩いて渡ろうとして、ぬらぬらした水草に足を取られて転び、頭を打って怪我したことがあった。それにあの川はまだその当時、コイやカワカマスなどの稚魚はいなかった。まだ、アランフェス川から移殖してなかった。そのころ川には棘の生えたようなニゴイとテンチ〔コイの一種〕しかいなかった。ゴヨのおかみさんのオビは、そんなもの食べたってドロ臭い味しかしないよと断言した。そんな言葉におかまいなし、ゴヨはダムの上に座ったまま、日がな一日、ピクともしない竿を指で支えたり、針につけるアオサや青虫を探していたものだ。カノールとセンデリネス少年はゴヨおじさんのそばに座って、おじさんのすることをじっと眺めていた。時々釣り糸がぴーんと張り詰め、竿の先が川面に引っ張られると、ゴヨおじさんはさっと顔色を変え、不器用な手つきで慌てて釣り上げ作業を始める。ニゴイは必死に逃げようとするが、ゴヨおじさんは魚がどう反応するかちゃんと見抜き、先を読んでいた。魚は疲れ果て、ようやく石塀の上で静かになった。カノールとセンデリネスは、アシの茎で目と口を突き通される魚の残酷な最期を見届けるのであった。

ずっと後になって、養魚の専門家たちがコイの稚魚と小さなカワカマスをアランフェスから生簀《いけす》を設置した三台のトラックで運んできてこの川に放流し、その後増えていった。ゴヨおじさんは語った。『カワカマスはフカみたいに獰猛で貪欲で、川に洗濯にやってきた女の人の腕にがぶりと噛み付き、ひじのところから噛み切っていったんだぞ』と。センデリネスはおじさんのこの話をもう何回となく聞いて、内心、もうあのダムの瀞では決して泳ぐまいと思った。しかし、ある日考えた。アランフェスからきたトラックは積んできた魚をダムの下に放流したので、ダムの上で泳ぐ分には怖くないさと。ゴヨおじさんにそう言うと、ゴヨおじさんは、目も口もまるで断末魔の魚のように真ん丸く開けて説明した。『カワカマスは夜の間に操り人形みてぇに跳び上がるんだぞ。ダムが七メートル以上あったって跳び越すんだ。アランフェスのカワカマスは二十キロメートル以上川上に行ったかもしんねぇぞ。カワカマスっていうのは旅する魚なんだぞ』と。センデリネスは、これは大変だ、と思った。その晩夢を見た。自分は目を覚ましていて、窓辺から川面を覗いていた。するとカワカマスの大群が流れに逆らってダムを跳び越えていくのが見えた。ぼーっと青ざめていた魚の体は、月の光に照らされて、キツネ火のような燐光を発した。センデリネスはぞっとなった。父は息子が何に対しても怖がるのが歯がゆかった。

もっと小さいころ、父は子供に言った。

「母さんみたいになるなよ。母さんはカミナリやハチを怖がっていた。男の子はそんなもの怖がってはいかんよ」

少年の母親は当時亡くなったばかりだった。少年は母の死に混乱した考えを持った。心の中では、あの午後、新しく生まれたスズメが一所懸命ピヨピヨ鳴く声や、ひっきりなしにブンブン唸るアブの羽音と、母親の死とを関連付けていた。センデリネス少年はお医者さんに言われたことを今も憶えている。

「たくさん食べなよ。痩せている子はお母さんみたいになるぞ」

センデリネスは痩せていた。その日以来少年は、母さんがそうだったように、きっと自分も早死にする、と思い込んでしまった。時々、父のトリニダーはセンデリネスの下着の袖を丹念に捲《まく》り上げて、少年の腕を上から下から手探りした。

「しょうもなく細いな」。がっかりして言った。

センデリネスの小さな腕はひ弱で青白かった。トリノ父さんは息子の腕のどこかに、将来力強くなる芽がないかと一心に探したが無駄だった。それ以来息子を見限った。生まれたころの溺愛をしなくなった。不機嫌そうな顔をして発電所から帰宅しても、息子にほとんど言葉をかけないようになった。夏の初め、少年に言った。

「ダムの瀞では、もう泳がないのかい」

センデリネスは迷惑そうなしかめ面をした。

「工場から汚いものがたくさん下りてくるんだもの、父さん」と言った。

トリノ父さんは笑みを浮かべた。父さんの笑みは笑みにはならず、よそよそしく歪んだ顔になった。

「カワカマスは子供を丸呑みして食べちまうんだろう。ねぇ、父さん」

センデリネスは俯《うつむ》いた。父が少年に向かい、真正面から少年を見詰めるたびに、少年は心の奥の秘密まで読まれてしまうのではないかという気がした。

数年前、中央電力会社が川上に工場を建てた。センデリネス少年は一度だけ、一人でそこに行ったことがある。それは去年の春のことだ。あの機械が獰猛な二つの顎で、まるでウエハースでも砕くように易々と直径一メートルもある木の幹を砕いているのを見た時、センデリネスはカワカマスのことが頭に浮かび、震えてしまった。その後、中央電力会社は川の流れの中に自分の消化した残り滓《かす》を垂れ流し、水面には氷山に似た無数の青白い泡ができた。センデリネスは特に泡が嫌いだったわけではないが、カワカマスが近付いてくるのではと考えると川が怖かった。センデリネスはしばしば岸辺から氷山に似たものを捕まえた。氷山の浮いた流れの中に、むき出しの細い腕を突っ込んでみた。前腕の背面に泡が当たると、くすぐったくなって笑った。去年のクリスマスの時、カノールとセンデリネスが橋の欄干からオシッコをしたら、泡は雪のように消えた。

それを見ていた父はセンデリネスに目で合図を送って注意した。時々、センデリネスは考える。神様の視線と偉大さは、父親の視線と偉大さに似ているんじゃないかと。

「瀞はとても汚くなっているよ。父さん」。父さんに分かってもらう積もりはなかったが、センデリネスをじっと見詰めるのを止めさせたかった。

「ああ、そうかい。カワカマスが子供の柔らかい足を捕まえようと、下で待ち構えているかもしれない、とでも言いたいのかい」

今日は土曜日、トリニダーは例によって酔っ払って帰ってきたかと思うと、裸になって毛布の上で鼾をかいている。暑かった。ハエが腕や顔、汗が光っている胸の上にも止まっている。だが、トリニダーは動かなかった。家のすぐ近くの道端で、センデリネスは粘土を捏《こ》ねていた。粘土に様々な模様を彫った。粘土で好きな形が作られるのが楽しかった。ちょっとしたはずみで形が変わってしまう土くれがなんとも魅力であった。普段の単調で決まりきった生活には飽き飽きしていた。センデリネスは雲を見て楽しんだ。水気を含んだ粘土が曲げたり伸ばしたり凹凸をつけたりして、思い通りの形に作られるのが楽しかった。電力会社から流れ出てくる白い廃棄物を見たり、小麦の粒を歯で噛み砕くのを見るのが好きだった。何年も前、すぐ近くの村から、ロバの背に跨った三博士がやってきて、窓のところにオモチャをひとつ置いていってくれた〔スペインでは、サンタクロースではなく、キリスト誕生の時、馬小屋にやってきた東方の三博士が一月六日に贈り物を子供たちに届けることになっている〕。センデリネスはおもちゃを両手で持つと壊してしまった。少年はそれを気に入った他のものに変形させたかったに違いない。だから少年は自分の思い通りの形を作り、作ったかと思うとすぐ壊せる粘土細工が楽しかった。

ヤギの水飲み場の水の噴出口のすぐ傍で、少年が鉱脈の地層を発見した時、コンラドが発電所の仕事を終えて村に帰ってきた。

「お前の父っつあん、その遊び、気にいらねえだろうな」と言った。

「さあ、ぼく、わかりません」。少年はあどけない調子で言った。

「お前たち、ガキども。子供の義務果たさねーで、いたずらのネタさがしばかりしおって」

そうしてサドルに手を掛けると、坂道を自転車を押して歩き、大通りに出るまで乗ろうとはしなかった。センデリネスはそれには気を留めなかった。コンラドは人それぞれの義務について、狭苦し過ぎる考えを持ったものだ。センデリネスは父さんが何とか自分ひとりで楽しめるようにと、父さんを放っておいた。トリノ父さんはただ、センデリネスが気弱で、暗がりを怖がり、カワカマスを怖がり、発電所を怖がることが腹立たしかった。だからといってセンデリネスは今更それを直すことはできなかった。

五年前、父は少年を連れて発電所へ行き、内部を見学させた。それまで少年は魔術のような発電のことを考えたことはなかった。正面がブドウのつるで生い茂った発電所は、少年の生活になくてはならない一要素だと思っていた。発電所の知識は、ある日、コンラドが少年に次のように話してくれたので、それだけは知っていた。

「水はこの格子を通って入ってくる。中では水から電気の光を作っているんだ。とても簡単なことさ」

少年は、内部ではきっと大きな浴槽があって、コンラドや、ゴヨや、父さんが疲れをものともせず、水が光になるまで棒で水を叩いているに違いない、と考えた。それから作業員たちは一所懸命光をランプの中に詰め込み、夜が来ると光が発するようになるのではないかと。そのころ、発電所の「ボン、ボン」という音はセンデリネスの心を捕らえていた。あの物音はきっと、父さんやその仲間たちが水を叩き、光の結晶を取り出している音に違いないと信じた。しかしそうではなかった。

父親もコンラドもゴヨも、工場の中ではなにも捏《こ》ねたり叩いたりしてはいなかった。父親もゴヨもコンラドも、人から見えないところで力仕事をしていたのではなく、みんなは計器を見張り、ボタンを押し、レバーを動かしていたのだ。生活の中にいつも伴っていた「ボン、ボン」という音は光を生産してはいなかったし、少年の父親が叩き、水から光を取り出していたのでもない。入ってくる水は汚く、出て行く水も汚かった。誰も水に触れてはいなかった。燦然と光る浴槽のかわりにセンデリネス少年が見たのは、あちこちにドクロの警告マークが描いてある、黒く恐ろしいシリンダーだった。大きな力を前にして、いかにも自分が無力であることを感じて怖くなって泣き出してしまった。後でコンラドがセンデリネスに説明してくれた。人間が水の力を借りているだけなのさ。水の力を借りれば電気は作れるものだよと。センデリネスはそれがよく理解できなかった。つまり、少年にとっては、水なんて少しも力なんてないように思えたのだ。もし水に力があるなら、ニゴイの力、テンチの力、コイの力だって利用できる。ゴヨがダムの瀞で釣り上げようとすると、渾身の力を振り絞って抵抗するではないか。ずっと後になって考えた。父の仕事は悪くはない。なぜならラファエル様は小麦を買って、工場でそれを粉にしなくちゃならない。だけど川の水はお金がかからない。もっと後になって分かったのは、仕事は父親自身のものではなく、父は川の力を利用していただけであり、その商売の事業主は父親の力を利用していたに過ぎないということだった。世界の機構組織はセンデリネス少年の目に変革していった。つまり少年の頭の中では事態はますます錯綜し、混乱していった。

工場訪問を境にして、発電所のボン、ボンという音は楽しい音ではなくなった。以来夜になり考えごとをしていると、大きな黒いシリンダーの上に彫ってあったドクロが少年に向かって唸り声を上げるようになった。コンラドはいつか少年に話したことがある。黒いシリンダーは夏の入道雲のように電光を放っているのだ。ドクロが描いてあるのは、それに触れると即死し、体は黒こげになってしまうという意味だと。センデリネス少年は発電所の近くに住んでいることが心配になってしまった。去年の夏のある午後、工場は急に動きを止めた。その時少年は気づいた。静寂には声があると。抵抗しがたい、鈍く神秘的な声が。少年は父さんのところに駆け寄った。その時気づいた。発電所の人たち同士は、お互いよく分かるように、怒鳴りあって話していたのだ。コンラド、オビ奥さん、父親もゴヨも。周りに静寂が広がると、川沿いのヤナギの木の中の水滴の動きさえも感じられるのだった。

太陽は地平線に触れた。センデリネスは泥を捨てた。立ち上がった。お尻のゴミをさっさと払った。太陽を呑み込む山裾には、電力会社の労働者たちの白い小さな家々が建っている。その周りには白い埃の霧のようなものが立ちこめていた。少年はちらっとダムの水面を眺めた。まだ眩しく輝いている粘土質の山頂とは対照的に、水面は急に暗くなっていた。工場の廃棄物が石鹸の泡のように川面に浮かんでいた。岸辺の葉の茂みで、蚊が伸びを始めていた。センデリネス少年は自分の傍で蚊がぶんぶん羽音を立てているのを感じた時、そのまま二、三秒じっとしていたが、いきなり、ほっぺたに止まった蚊を目掛けて手のひらで叩いた。手の下の小さな殺虫事件に気づくと、やった、と微笑んだ。親指と人差し指で蚊の死骸を摘《つま》み上げ、仔細に調べた。まだ刺していなかった。血は吸ってなかった。少年のベッドの枕元には、赤い小さなシミの見本帳が出来上がっていた。一夏の間、毎朝起きると先ず初めにするのは、睡眠中に攻撃していた蚊を処刑することであった。一匹ずつ乾いた手の平で叩き潰し、そのあと壁にできたシミの形と広がりを眺めて、元の蚊の形を思い描いた。空想は決して少年を裏切ることはなかった。平手打ちの結果つぶされた蚊の紋様はその都度異なり、少年にとって、蚊の死骸コレクションはわくわくするような楽しみとなった。湿った夜はがっかりした。蚊は川岸の茂みから出てこないのだ。だから少年は目が覚めるとまん丸い目をキラキラと光らせ、まだら塗りの白壁のカンバスに視線を走らせて蚊を探すのだが、蚊はいなかった。

指をズボンで拭くと家の中に入った。はっきりと訳は分からないが、瞬間、発電所のシリンダーが急に動かなくなったあの日と同じ感覚が走った。薄暗がりの中、特定できないが、なにかがおかしくなっているという予感がした。工場がちゃんと動いているかどうか確かめようとした。すぐに心の中で尋ねた。自分の世界のふだんの秩序で何が欠けているのかと。トリニダーはベッドの上、西日を受けて眠っていた。少年は普段見慣れている物や陰をひとつひとつ検《あらた》めた。部屋の中にはふだんと変わった儚い陰がちらちら見えていたが、少年にはその陰が何なのかよく分からなかった。少年には、トリニダーがあまりにじっとして動かないので、ひょっとして目を覚ましていて、何かで少年を叱ろうと待ち構えているのではないかと思った。少年は緊張に耐え切れなくなり、父親の目を真正面から見てみようと思った。

「父さん、おかえりなさい」。ベッドの枕元に近づいて言った。

突っ立ったまま、じっと動かずに返事を待った。しかしトリノ父さんは気付かなかった。少年は困惑にじっと耐え、憑かれたように何回も瞬きした。父親は窓を背にしていてはっきりとは見えない。顔の表情は、影が揺《ゆ》らめいて分からないのだ。しかしワラ布団のしなり具合で、父さんが大きくて重いのがわかる。父さんは裸姿だったが、平気だった。一昨年の夏のこと。父さんは「男はみんな同じ形しとるぞ」と言って、素っ裸でベッドに横たわった。センデリネスは父親の何ともいえない黒々とした陰毛に、生まれて初めてひたすら目を奪われていた。センデリネスは質問も何もしなかった。というのもすべては、なぜ人は働かなくちゃならないのかというのと同じような、人生のある時期に達すると自然に起こる疑問だという気がしたからである。あの時と同じように、少年は今も待った。電気をつけるのに時間が掛かった。少年は父さんがセンデリネスに言葉を発しないことに納得して電気を点けた。スイッチを入れ、部屋の中が明るくなると、窓には夜の帳《とばり》が下りていた。振り返ると、父さんの動きのない機械的な視線に出会った。視点の定まらないガラス玉のような目だ。写真のように静止したままだ。苦しそうに歪んだ口からは涎《よだれ》がひとすじ垂れ下がっている。その傍にハエが二匹とまっていた。一匹のハエが父さんの鼻の穴の中を怖がる様子もなくじっと覗き込んでいた。センデリネスはくしゃみをしない父さんが死んでいるのが分かった。のろのろと無意識に後ずさりしていくと、お尻にドアがぶつかった。現実に戻った。何をしていいのか分からず、瞬き一つせず、動きを止めたまま裸の死体をじっと見詰めていた。やがて、ゆっくりと父さんの傍に戻っていった。父さんの体に触れないように注意して、ハエを振り払った。一匹のハエが死体の上を飛び回った。少年はまたハエを追い払った。発電所の発する鼓動がうんざりするような執拗さで聞こえてくる。それは止まってしまった父さんの鼓動に対する当て付けのようだった。考えるということは大変な努力が必要だと思った。何をしたらよいか考えねばならないという切迫感だけでへとへとになってしまった。恐怖も驚愕も感じたくはなかった。数分間というもの、ベッドの鉄の脚に摑まり、自分の呼吸を聞き取っていた。トリノ父さんは息子が物を怖がることを嫌っていた。センデリネスは生前の父さんに、自分に勇気のあるところを見せて喜んでもらおうと努めたことがなかった。今こそ父さんにそれを見てもらえる最期の機会だ。生まれて初めて、少年は自分の責任を感じていた。そうして今や光を失った目に、恐ろしいまでにじっと動かない口元に、血の繋がった者同士の特徴を見つけようと努めた。急に、道端の麦わらの中でコオロギが鳴き始めた。ふだんならコオロギの鳴き声は心地よいはずだったが、鳴き声に驚いてしまった。ベッドの足元に父さんの下着が落ちているのを見つけた。それを見ると、裸の父さんにぜひとも着せてあげようという願いが込み上げてきた。翌朝になり、父さんのこんな姿を村人たちの目にさらすのは恥ずかしいと思った。下着のそばに身を屈めた。下着がまだ生暖かいのに気付き、少年は震えた。靴下は湿って穴が開いていた。生前の足の名残りを留めていた。しかし、少年は死体に近づき、少し怯えた目付きで、おずおずと父さんに靴下を履かせた。高熱の時、心臓に受けるのと同じ衝撃を胸で感じた。センデリネスは裸の体から視線を逸らそうとしなかった。恐怖に襲われた時は目を瞑《つぶ》り口を結ぶと、恐怖は負け犬のようにすごすごと遠ざかっていくのを、その時ようやく理解した。

パンツを穿かせようかどうか迷ったが、穿かせてみたところで無駄のように思えた。結局は誰もパンツのことに気付きはすまいと思って、それは諦めることにした。継ぎ当てのある古ぼけて厚ぼったいサージのズボンを手に取り、トリニダーの左足を持ち上げようとしたが果たせなかった。ベッドの縁にズボンを置き、ぶらんとなった足を両手で上に持ち上げたが、ズボンを取り寄せようと片手を離したとたん片手では持ちこたえられず、足はベッドの上にどさっと落ちてしまった。家の戸口で、発電所の鈍い騒音よりも大きな声でコオロギが腹立たしげに鳴いていた。小麦畑からはウズラのゴキッチョと鳴く声がかすかに聞こえてくる。毎晩聞き慣れた物音だったが、特殊な状況に置かれたはずのセンデリネスに、その物音に異なった解釈をする術はなかった。少年は汗を掻きはじめた。自分の行動が何のためだったか忘れてしまっていた。ただ自分の仕事を妨げるものに体を張って抵抗しているのに気付いた。死体に背を向けた。くるぶしのところで父さんの足を捕らえ、うーん、と一気に自分の右の肩の上に乗せることができた。すると楽に足をズボンに入れることができた。同じように繰り返して、もう一方の足もズボンに納めた。センデリネスはほっとして、やっと微笑んだ。しかし汗は着ているものを濡らし、金髪はぺたりと額に貼り付いていた。もう怖いものは何もなかった。怖いものがあるとすれば、これから出くわす困難に対してであった。少年は急に、もっと小さかったとき、センデリネスという名前をなぜつけたのか教えてと父に訊ねたことを思い出した。その頃まだ息子に信頼を置いていたトリノ父さんはこう言った。

「人生というのはな、道のない所に分け入り、ウサギのように道を探して歩くことだ。そうだ、ウサギと同じようにな」〔センデリネスとは「小さい道」の意〕

自分を残して父さんは行ってしまったことにふと気づき、自分の本当の名前を生前に尋ねておかなかったことを悔いた。自分はキリスト様から頂いた名前がなくては、世界を渡り歩くことはできないのではないだろうか。世界を渡り歩こうにも、実はといえば少年は、中央電力会社の労働者たちをしっかり守っている、あの禿山の頂上の向う側にどんな世界が開けているのか知る由もなかった。幹線道路はそこでなくなっていた。少年はその道は都会へと続いていると人伝《ひとづて》に聞いて知っていた。ある時、コンラドに尋ねたことがある。あの山の頂の向こうになにがあるのと。コンラドは言った。

「なんにも知らない方がいいな。あの向こうは罪作りがいるさ」

センデリネスはクリスマスの時、カノールのところに行った。カノールは目を真ん丸く開けて言った。

「電灯と、自動車と、麦を刈り取った後の落穂よりたくさんの人がいるのさ」

センデリネスは満足できなかった。

「で、罪作りは?」と催促するように質問した。

カノールは胸のところで十字を切った。秘密めかしてこう言った。

「罪作りってのは、先生が言ってたけど、女のことだ」

センデリネスは頭の中で都会の女の人を思い描いた。それは葬式の黒い服を着て、各々の乳首に当たるところに黄色のドクロの飾りを付けていた。それ以来、腕を歪《ゆが》ませ、瞼を赤くしてこちらに近づいてくるオビ夫人を見ると怖くなった。

父さんのズボンを毛深い腿まで引っ張り上げたが、そこで止まってしまった。息をはあはあさせていた。長い時間ズボンの縫い目を下に敷いて座ると、赤い線が腿にできるように、水平に組んだ小さな指には赤い線ができていた。急に父さんが見知らぬ人のように思えた。父さんは息子に工場を見せた後、亡くなった。そうして少年は黒いタービンとドクロの絵を見た時、わっと泣き出したのだ。自分に残された仕事なので、このズボンはどんなことがあってもやり遂げねばならなかった。

少年は父さんに「自由」をもらっている。よその父親たちは息子たちを工場とか学校に送り込んで、息子たちの自由を奪ってしまっている。父さんはセンデリネスの自由を奪わなかった。センデリネスはその理由を尋ねたことはない。つまりそれを事実としてありのまま、父さんに感謝していた。

死体の腰のところを持ち上げようとしたが果たせなかった。ウズラは今度はもっと近くで鳴いていた。センデリネスは袖口で額の汗を拭った。もう一回持ち上げようとした。「なにくそっ」と呟いた。とたんに自分が無力なことを自覚した。つまり自分の可能性の限界を越えていたのだ。自分はとても父さんにちゃんとズボンを穿かせることは叶わないのではないか。ふと父さんの顔を見やった。すると、父さんの目の中に、とてつもない死の恐怖を見た。少年はこの夜初めて無性に泣きたい気持ちになった。「父さんのどこかに痛みが回ったんだな」と考えた。父さんの痛みをこれ以上増やさないために、泣きたくとも泣けなかった。でももう、父さんの痛みを軽くすることができないと思うと、よけいに泣きたくなった。頭を持ち上げ、怯えた目で部屋中を見渡した。センデリネスは夜と孤独に気がついた。あたりは静かなのに、河川敷の発電所の大きな運転音だけが上ってきた。少年は困り果てていた。ふとベッドから少し離れた。長い間、痩せ細った小さな二つの腕を死体に添えたまま感覚を失い、立ち尽くした。人の声が必要だった。そう思うとためらわずラジオに近づいて、スイッチを入れた。部屋の中に声が生まれ、聞き取れないような鼻に掛かった声が次第に大きくなった時、センデリネスは死んだ人の目に自分の目を釘付けにした。小さな体全体がぴんと張ってしまった。今にも自分で叫び出しそうな気がして、死体に目を留めたまま、一歩一歩後ずさりしていった。背中がドアに触れたのに気付き、溜め息をついた。そうして振り向きもせず手探りで取っ手を探すと、いっぱいにドアを開け放った。

夜に向かって走り出した。小道を走る少年の足音を聞いてコオロギたちが鳴き止んだ。川から涼しい風が昇ってきて、少年の湿った服を冷やした。畦までやってくると少年は立ち止まった。小麦畑の向うにゴヨの家の灯が燈っているのが見えた。深呼吸をした。ゴヨさんなら助けてくれるに違いない。父さんの死体が裸だったなんて誰にも知られずにすむ。コオロギは少年の背後でまた恐る恐るコロコロと鳴き始めた。歩いていくと、センデリネスは小道の草原の中にホタルをみつけた。足を止め、跪くと、枯れ草を掻き分けた。「あっ、ホタル」と、嬉しくなって独り言を言った。そっと指でつまんで取り、もう片方の手でズボンのポケットから蓋に穴の開いた靴墨の小箱を苦労して引っ張り出した。そっと蓋を持ち上げ、そこにホタルを入れた。小麦畑の縁では小石がたくさん足に当たった。暗闇の中、燐のように白く光った石もある。そんな石を二つ拾い、勢いよくぶつけ合わせた。一瞬きれいな火花が飛び散って楽しくなった。足元で威張ったようなウズラの鳴き声が聞こえ、少年は驚いた。センデリネスはしばらくの間、二つの石をカチカチとぶつけ合わせていたが腕が痛くなった。ちょうどその時ゴヨの家に着いた。足で戸を叩いた。

オビ奥さんは少年を見て驚いた。

「こんな時間こんなところで、なに、うろついてるのかい。驚いてしまうじゃないか」

センデリネスは片手に一つずつ石を持って玄関に突っ立ったまま、何と返事していいのか分からなかった。ゴヨが部屋の奥で縺《もつ》れた釣り糸を解《ほど》いているのが見えた。

「どうかしたんかね」。中から声が掛かった。

センデリネスは、はっと我に返って言った。

「あした、カワカマスを釣りにいくんですか」

「そうだな」。ゴヨは近付いてきて、不満そうにぶつぶつと言った。「まさか、おれが明日釣りに行くかどうか、父っつぁんがおれに聞いてこいと言ったんじゃあるめえ、こんな時間に」

センデリネスの唇に微かな笑みが浮かんだ。頭を強く横に振った。口ごもりながらやっと言った。

「ぼくの父さん、死んだんだ」

オビ奥さんはドアに摑まっていたが、両手で唇を覆った。

「まあ、なんと。お前さん、なんと言ったんだい」と言った。顔は青ざめていた。

ゴヨが言った。

「おい、こっちへこい。でたらめ言うんじゃねえぞ。なんだって片手に一つずつ石ころ持って玄関のところで突っ立ってんだ。その石どこに持って行くんだ。バカタレめが」

センデリネスは振り向き、暗闇の中、ウズラが鳴いている小麦畑の縁の方に向かって、持っていた石をほうり投げた。そのあとドアを開け、一部始終を語った。ゴヨはわっと泣き出した。ゴヨはセンデリネスをそっちのけで、大声で奥さんと話をした。

「破裂したんだよ、それ。おれたち、肩の上に頭乗っけてるのは何のためだと、お前、思うかね。そりゃ、トリノ父っつぁんは頭良いに決まってるよ。でもな、今日の午後、バウディリョと父っつぁん、二人のうちで、どちらが大食いかで賭けしたのさ。バウディリョが負けて払ったがね。それでトリノ父っつぁん何食ったと思うかね。初めにタマゴ二十四個食ったあと、仔豚まるまる一頭、骨まですっかり平らげた。おれ、もうそこで止めとけと言ったけど、何と答えたと思うかい。こう言うんだ。『お前、引っ込んでろ。ブタ野郎』だって。その時、父っつぁんのお腹の中にはもう二リットルほどのワインが納まっていた。自分で何やってんのか分かんなくなっていた。これはこっちの独り言だけど、飲み方知らねえなら飲まねえ方がいいってもんだ。父っつぁんのためにあるような言葉じゃねえか。これがことの顛末さ」

ゴヨは気が狂ったような目付きだった。話が進んでいくうち、声は奇妙に震えた。魚を釣っている時とは違っていた。まるで顔は魚顔だった。急に少年の方を振り向き、少年の両手を乱暴に引っ張ると家の中に引きずりこんだ。それからドアを足で蹴って閉めた。まるで、センデリネスにも少し責任があるかのように大声で喚いた。

「それからおれに平手打ち二発食らわしたんだ。たとえそれが死んだオヤジだったとしても赦せねえ。飲めなきゃ飲むなってんだ。つまりな、おれ、賭けトランプなんぞしたくなかったんだけど、父っつぁんに無理矢理トランプ誘われたのさ。前の賭けでバウディリョに勝ったとしても、いつかは負けなくちゃならん。人生ってそんなもんよ。勝つ時もあれば負けるときもある。だけど父っつぁんは違う。突然おれに言うんだ。『お前、切り札持ってるのか』と。おれは、うんと言った。本当のことだったからな。バウディリョはその時横合いから、黙ってやれ、口聞かねえで目で合図しろと。おれは、切り札持ってるともと言った。そうしたら父っつぁん、切り札じゃないカードを出しよった。バウディリョはキングを振った。おれ、切り札は持ってたけど、キングに勝つカードは持っていなかった。だから、強いカードを相手に持って行かれてしまったのさ」

ゴヨは、はあはあと荒い息をしていた。ダムでニゴイを釣り上げようと格闘している時と同じような汗が皮膚を伝って落ちる。トリノ父っつぁんが死んでしまって、もう声も聞くことができないと思うと、無性に腹立たしさが込み上げてきた。だからゴヨは、大声で話せばセンデリネスに想いが届くはずだと思って大声で喋った。センデリネスは悲しく困り果て、しょんぼりとゴヨを見ていた。オビ奥さんは少し曲がっている細い手を椅子の背にもたせ掛け、ただ黙っていた。ゴヨは大声で叫んだ。

「そこでトリノ父っつぁん、いきなり立ち上がって、おれに平手打ち二発食らわせたんだ。そうなんだ。それっきりよ。いきなりおれに言うんだ。『お前の切り札の出し間違いで負けたじゃねえか。これでも、くらえっ』とね。しかし、おれはキングには勝てないけど、切り札は持っていた。それで、おふくろに懸けて誓ってもいい、と言ってそいつをバウディリョに見せてやった。するとやつはバカみたいに笑い出した。おれ、トリノ父っつぁんに言った。お前、察しが悪いよと。そうしたら父っつぁん大声で叫び始めた。お前の肝臓をふみつぶしてやるぞと。おれ、父っつぁんのような男は百キロ以下の人を殴る権利はないと内心思っているよ。そりゃ女を殴っちゃいけないのといっしょよ。だけど、父っつぁん、酔っ払っていて、おれのこと続けて殴ろうとした。だからおれ、言いたい放題の悪態ついてやったよ。それでおれ、死んでもやつの顔二度と見るもんかと十字架に懸けて誓ったのよ。わかるかい？　お前さん」

ゴヨは両手の親指を交差させ、十字架を作って、しつこくセンデリネスに見せた。しかし、センデリネスは、わけが分からなかった。

「おれ、十字架に懸けて誓ったのさ。だから今おれはお前さんといっしょに行くわけにはいかねえ。わかるか？　おれ、自分に誓ったのさ。父っつぁんのために、あえて行動を起こさないと。この誓いは神聖なものだ。わかるかい。わけは今お前に話したとおりだよ」

静まり返った後、ゴヨは声の調子を変えると言った。

「明日みんなで葬式出してやるからな。それまでここに泊まっていきな。ここで寝て、明日、村に下りて行って、坊さんに知らせに行きゃいい」

センデリネスは頭を振って拒絶した。

「父さんに着物着せてやらないといけない。素っ裸でベッドにいるんです」

オビ奥さんはまた両手で口を覆った。

「まあ、怖い」と言った。

ゴヨは考え込んでいたが、やがて、また両手の親指で十字架を作って言った。

「お前さん、おれのこと分かってくれなくちゃいけねえ。この十字架にかけて誓ったんだ。父っつぁんの顔はもう二度と見ねえ、父っつぁんには決して関わらねえ、と。おれは、父っつぁんのこと尊敬していたけど、今日の午後、ワケもねえのにおれに二発も平手打ち食らわした。赦せねえ。たとえそれがおれのオヤジだったとしても赦せねえ。おれの言うことは、これで終わりだ」

少年に背を向けると部屋の奥の方に向かった。ちょっとセンデリネスは迷った。「それでは」と言った。オビ奥さんが少年について外の暗がりへ出てきた。少年は急に寒くなった。さっきは父さんに着物を着せようとして暑くてしょうがなかったが、今は寒さに震え、歯がカタカタと鳴った。オビ奥さんは少年の腕を摑むと、上ずった声で言った。

「ねえ、坊や。アタシとしちゃ、今晩あんたを独りにしておきたかないよ。でもアタシ、死んだ人って怖いの。これ、ほんとうよ。アタシ、死んだ人の手とか足とかが怖いのよ。アタシってほんと役立たずよ」。すっかり怯えて、あちこち見た後で言った。

「アタシのオッカサンの時も、アタシいなかったの。自分の母親でしょう。心の中じゃ、やっぱし責任あるでしょう。それからアタシ助かったと思ったわ。だって、アタシの義姉《おねえ》さん言ってたわ。オッカサン亡くなったあと、着物着せようとしたら、ぶつぶつ文句を言ってたんですって。どう思う、坊や。死んだ人が文句を言うって、ありうること？ それから、アタシのおばさんの時も、亡骸の足元のところでネコが一匹寝転《ねころ》んで、叔母さんに話しかけてたのよ。人の死んだ家ではとても変なことが起こるのよ。アタシ怖いのよ。だから一刻も早く埋葬の時がくればいい、そしたら心が休まるのにとそればかり考えてたわ」

オビ奥さんの怯えた表情の上に星明りが射し、彼女も死んだ人のように見えた。少年は返事をしなかった。川の土手からは発電所の鈍い音を圧倒するようにウズラのゴキッチョと物を叩くような鳴き声が聞こえてきた。

「あれなあに？」女は電気に痺れたように言う。

「ウズラです」とセンデリネスは答えた。

「毎晩、あんなふうにやるのかい」

「そうです」

「ほんとにそうかい」

女はどきっとしたように、風に当たって揺れる小麦畑のさざ波をじっと見入っていた。

「そうですよ」

頭を振った。

「あら、いやだわ。すぐ近くで鳴いてるみたい。アタシのスカートのすぐ下で」

そう言って笑おうとしたが、言葉にならない唸り声を喉から漏らしてそのまま行ってしまった。

センデリネスはコンラドのことを考えた。なぜなら父さんのそばに独りで帰るのが段々苦痛になってきたのだ。また自分の足を使って父さんの死体を扱うと、父さん、文句を言うのではないだろうか。発電所の疥癬《かいせん》ネコがまるで人間のように、父さんのベッドの足下に寝そべって死体に話しかけるんじゃないだろうかと思うと薄ら寒くなった。コンラドは少年を平静にさせようと努めた。少年に言った。

「死んだ人の体の中には空気が溜まっていて、腰のところを曲げると悲鳴をあげる。なぜなら、中の空気が上か下から漏れるからなんだ。考えてみればわかるように、死んだ人がわるさができるわけはないよ」と。また「ネコは『ニャオー』と鳴く代わりに、何か変わったことがあると、『ミーオー（スペイン語で「ワタシのかわいい人」）』と鳴いているように聞こえることがある。でも、よく聞くとわかるけど、いつも『ニャオー』としか鳴いていない。ネコの方に特別の意図があるわけではない」と。さらに「知らせを聞いた時、おれ、血の気が無くなったよ。ほんとうだとも。でも、おれ、イヌみたいに縛られてるんだよ、仕事に。だから自分の不在中に何か起こった場合、責任はおれが一人で被《かぶ》らなくちゃならないんだよ」と。

「父さんの元に帰って寝な。そして待ってな。朝の六時に仕事が終わるから、終わったら、きっとトリノ父っつぁんの家に行って、助けてやるから」

少年は再び独りでダムのそばに戻り、岸辺にひざまずき、小さな腕を露わにして水の流れに突っ込んだ。発電所から出てくる廃棄物が夜目にもくっきりとわかった。センデリネスはアシを一本引き抜くと、それを使って一番近くに浮いている廃棄物を捕まえようとした。しかしそれに失敗するとアシを遠くへ放り投げ、むっとして地面に座ってしまった。少年の右手では水が渦を巻いて発電所の鉄格子の中に勢いよく吸い込まれていく。瀞の表面は艶《つや》やかにじっとして動かず、天空の星を点々と映し出していた。岸辺のポプラが静かな水面に淡い幻のような影を投げかけていた。発電所の内部から発するうがいのような水の騒音に掻き消されて、コオロギとウズラの鳴き声はほとんど聞こえなくなっていた。センデリネスはカワカマスのことを考えると怖くなった。それから、父さんに着物を着せねばならない恐ろしさを考えた。しかし父さんの友人か友人でなくなった人たちは、一所懸命仕事に励んでいるか、それとも死んだ人を怖がっているのだ。少年の表情は急に輝いた。ポケットから靴墨の小箱を取り出してそっと開けた。ホタルは冷たい黄緑色に光り、銀色の箱の蓋に反射していた。少年は草の葉をちぎって、箱の中に入れた。『虫さん、食べ物食べないと死んじゃうぞ』と考えた。それから、ムギワラを一本取って光に近づけたが、直ぐに離した。熱で焦げないのかなとその端を観察した。焦げていなかった。少年は、早過ぎたかなと思って、またムギワラをホタルの軟らかい燐光の中に差し込んだ。ホタルは自分の牢獄の中で力なく体をよじった。そしてすぐにセンデリネスは立ち上がり、家路に着いた。死人のいるベッドの方を見ないようにして、ナイトテーブルのところまで忍び足で行き、草の葉の束の上にホタルを置いて、電気を消した。そうしてドアのところに行き、効果はどうかを観察した。ホタルの先端は暗闇の中、煌めいていた。少年は唇を少し開けて微笑んだ。少年はとても満足していた。それからホタルをもう三匹捕まえて、それをベッドの四隅に置いておく。そうすると素晴らしいことになるぞ、と思い嬉しくなった。

急に川下の方から誰かが歌を唄っているのが聞こえた。少年は自分が何をしていたのか忘れてしまった。ペルナレスが帰ってきているという知らせは聞いてなかった。ペルナレスは毎年夏になるとカスカヘラに来て、脱穀機用石〔古い型の脱穀機具に取り付ける、小麦の穂と茎を切り分けるための尖った石。磨耗が早く、頻繁に取替えられた。この石をペルナレスと呼び、この男のあだ名になっている〕を作っていた。道具らしいものはカナヅチ一つだけ。あとは手元の正確さと器用さを武器に、川に行って丸い石をカナヅチで叩いた。彼が叩くと、丸い石はスイカのようにぱくっと割れて、割り口の縁はカミソリの刃のように鋭かった。カノールと少年はかつてペルナレスの仕事ぶりを眺めて楽しんだ。下唇に立ち消えした煙草をくっつけたまま、つぎはぎだらけの丸広帽子を目深にかぶり、鼻歌など唄いながら悠揚迫らず、仕事を続けるのだ。キジバトが空を横切って行った。魚は人を怖がりもせず岸辺まで近づいていた。魚のほうがペルナレスの無害なことを知っていた。

冬の間ペルナレスはいなくなった。穫り入れの済んだある朝、ペルナレスは小さな包みを手にして河川敷から上ってくると、幹線道路のずっと先にある山頂目指して鼻歌唄いながら村を去って行くのだ。ある時コンラドは言ったことがある。ペルナレスが町の映画館の入口でお菓子売ってるのを見たと。しかし電力会社のバウディリョ現場監督が確かな話だと言って話してくれたのは、ペルナレスは寒い季節になると軒伝いに乞食して歩いているということだ。いや、ペルナレスは避寒のため、渡り鳥のようにアフリカに行って越冬していると言う人もいる。しかし夏の到来を告げる頃、間違いなくカスカヘラに戻ってきて、八ヶ月前に中断したままになっている仕事を再開するのである。

センデリネスはダムの下流の橋のそばで、ペルナレスが調子はずれに歌を唄っているのを聞いた。ペルナレスの声は闇と恐怖を払いのけ、あらゆる問題を解決可能にしてくれていた。センデリネスはドアを閉めると、川の細道を歩いて行った。角を曲がると、橋の下に焚き火が見えた。焚き火の上に男が身を屈め、歌を唄い続けていた。近くに寄ってみると、赤ら顔、一週間も剃ってないような無精ひげ、ぼろぼろの粗末な服の、まぎれもないペルナレスだった。橋脚の上にポスターが貼ってあり、タールで『ダッコク機用石ウリマス』と書いてあった。

男は少年の足音が聞こえると振り向いた。

「やあ、入れよ。座りなよ。うへー、お前、大きくなったなあ。もうじき大人じゃねえか。一杯やっか」と言った。

少年は頭を横に振って断った。

ペルナレスは帽子を首筋の方に押し上げると、ぽりぽりといつまでも掻いた。

「じゃ、おれと唄うか」と聞いた。「おれは歌はうまくはねえが、この胸の中に苦しみがあると自然と唄ってしまうのさ」

「いやだ」と少年は言った。

「じゃー、なにしたいのだ。去年、お前の父っつぁん、脱穀機用石買わなかったな。去年からこっち、父っつぁん、お金持ちの地主さんにでもなったんかね。ひっひっひっ」

少年は深刻な表情を見せた。

「父さん、死んだよ」と言うと、相手が何か言ってくれるかと待った。

男は何も言わなかった。焚き火の炎で催眠状態になったように、一瞬困惑の表情を浮かべた。少年はさらに言った。

「裸になっているんで、皆に知らせる前に着物を着せないといけないんだ」

「まさか!」と言うと、男はまたしつこく頭を掻いた。ペルナレスは少年をちらちらと見た。急に掻くのを止めると言った。

「人生とはそんなもんだ。生きてる人は死んだ人を埋めるのさ。順送りよ。不運なのはいちばん最後に死ぬヤツよ」

炎が揺らめいて、ペルナレスの表情はその都度変化した。ペルナレスは身を屈めて、一抱えの松葉を焚き火にくべた。横目で少年を観察していたが言った。

「ペルナレスはどうしようもないあわれな男さ。みんな知ってのとおりさ。それでも『ペルナレスよ。オレに手を貸してくれ』と、相変わらずみんなオレのところに来てくれる。まるでペルナレスは隣人を手助けするのが専門みたいにな。ペルナレスのやってる仕事なんて誰にとっても大事ではないさ。それに反して、みんなは自分たちの仕事を、ペルナレスには大事だと思ってもらいたいのさ。人生なんてそんなもんだよ」

焚き火の上では土鍋が湯気をあげていた。橋脚のところには、ナイフの刃のように鋭く割れた白い石が高く積んであった。右側には凹んだ空き缶が五、六個とビンが一本あった。センデリネスは何気なくこれらを見ていたが、ペルナレスが大酒飲みなのを見た時、これはひょっとすると今の難局を切り抜けられるのではないかという気がした。

「来てくれますか」。少年は少し間を置いた後、かすれた声で訊いた。

ペルナレスは炎の上に手を翳《かざ》し、手を揉み合わせた。小さい目が活気を帯びた。

「父っつぁんの着物、どうする気だね」。無関心を装って尋ねた。「死んだら、着物は父っつぁんには役立つまいて。今まで着ていた着物は死ぬとだぶだぶになる。どうしてだか知らんがね。だけどたいがいそうなるぞ」

センデリネスは言った。

「ぼくのこと手助けしてくれれば、父さんの新調の服をあんたにあげるよ」

「いやー。おれ、そんな積もりで言ったんじゃねえよ」と男は言った。「いずれにしても、もしオレが今やってる仕事をほったらかしてお前を手伝うとすると、お前はオレに気を遣わないといけない。ま、それは真っ当なことだな。で、靴はどうする。父っつぁんの靴、お前には日除帽子の役にも立たねえが……」

「ああ。それもあげるよ」と言った。

人生で初めて、大の男を動かせるテコを手にしたという奇妙な嬉しさを経験していた。ペルナレスは唇にタバコの吸いさしをくっつけたまま、長い時間話していた。

「いいとも」と言った。小瓶を手にすると、上着のよれよれのポケットにしまいこんだ。それから足で焚き火を消した。

「さあ、いくぞ」と言った。

小道までくると、男は少年を振り返った。

「もしこれがね、父っつぁんの結婚式にオレを呼んでくれる話だったら、お前も独りで寂しいってこともなかったろうになあ。オレ、今までおふくろの結婚式の時くらい、たくさんチョコレート食ったことはなかったな。結婚式には五十人以上招待客がいた。ところがそのあと、おふくろが死んだ時にはオレに気付いたヤツは一人もいなかった。なぜだかわかるか？　それはな、チョコレートがなかったからよ」。男の子はベテラン工事現場監督然として大股で体を揺すって歩く男の一歩につき、二歩足を動かしてついて行った。咳払いをした。口の中で何か噛むようにして、最後にいきおいよくペルナレスは唾を吐いた。

「お前、犬歯のところから唾を吐けるか」

「いいえ」。男の子は言った。

「それはやり方習わないといかん。犬歯のところから唾を吐けるようになんねえと、一人前じゃねえな」

ペルナレスは始終にこにこしていた。少年は唖然として男を見ていた。男の口の隙間をしきりに見ようとしていた。

「犬歯からどうやって唾を吐くのですか」。面白くなって訊いた。他に誰もいない今、犬歯から唾を吐く技術を習得し、助言を得る良い機会だと思った。

男は身を屈めて口を開けた。少年は口の中を覗き込んだ。しかし中は何も見えなかった。口は臭かった。ペルナレスは真っ直ぐ立った。

「ここは暗いからな。家の中で話してあげよう」

しかし家の中に入ると、ベッドの上の動かないトリノの物言わぬ存在が家中を支配していた。手足は重くだらっとしていた。顔は短時間のうちに、蝋のような色合いになっていた。ペルナレスは父さんの前を通る時、帽子を取り、十字を切るような、あいまいな仕草をした。

「うへーっ。父っつぁんじゃねえみてえ。もっとやせてたと思ったがな」

子供には死んだ父さんは巨人のように見えた。ペルナレスはシーツの折り返しにシミを見つけた。

「腹がはち切れたんだな」

センデリネスは言った。

「お医者さんが言ってたよ、やせっぽちの人は死ぬんだって」

「まさかね」と男は応じ、さらに訊いた。「そんなこと医者が言ったのかい」

「うん」と少年。

「いいか。人は飢えでも、食べ過ぎでも死ぬんだよ」とペルナレス。

ペルナレスは死体の腰にズボンを穿かせようとしたが、うまくいかなかった。ふと、積んである草の上のホタルに気付いた。

「こんなところにヘンなもん置いたのは誰だ」

「触らないで」

「お前さんかね」

「うん」

「そいで、そんなもん、なんの意味だね」

「なんでもない。触らないで下さい」

男は微笑んだ。

「手を貸せ」と言った。「お前の父っつぁん、トラックみてえに重いな」

ペルナレスは全身の力を腕に集めて一気に死体を持ち上げた。しかし少年は男の動きにうまくついていけなかった。

「お前さん、遊びのことばかり考えてると、ちっともはかどらねえぞ」と叱り付けた。「オレが上に持ち上げたら、着物を上に引っ張り上げるんだ。でないと、いつまで経っても終わらんぞ」

ペルナレスはふと棚に置いてある目覚まし時計に目を止めると、すたすたと時計の方に歩いて行った。

「すげえ。この目覚まし、とってもすげえなあ」と叫んだ。

「おい、わかるか。なあ、オレ、これと同じ目覚まし時計、ずーっと前から欲しいと思ってたんだ」

ベルを鳴らしてみた。そして微笑んでいた。前歯の欠けた顔はベルの音が高くなるにつれて引きつっていった。ペルナレスは頭を掻いた。

「これ欲しいな。生活に必要だしな」と言った。

少年は苛々していた。蝋のように青白い父さんの裸の死体をみていると、少年は吐き気を催してきた。少年は言った。

「その目覚ましだってあげるよ。着せるの手伝ってくれれば」

「そんな意味で言ったんじゃねえ」。ペルナレスは慌てて言った。「わざわざオレにくれようという気まぐれまでお前さんから奪い取るつもりはねえ。だってそうだろう。オレ、お前に何もせびっているわけじゃねえよ。片手を動かしたからって、その報酬にと、もう片方の手を前に差し出すようなペルナレス様じゃないからな。利害で人間動くようになったら世の中うまくいかねー。そんなことあたりめえのことよな」

ペルナレスの小さな眼は狡賢そうな輝きを放っていた。ウズラが麦畑の中で鳴いて、ペルナレスは鎮まった。物音がしなくなり、発電所の単調な響きが一時的に止まり、また動き出した時、ペルナレスは片目を瞑ってみせた。

「今年はウズラが獲れる良い年になるぞ。お前、聞こえるか。ウズラの雌が切なそうに雄を呼ぶ声がする……」

少年は無言のまま頷き、父さんの死体に目を向けた。ペルナレスは少年に早くと促されていることには気付かなかった。

「おい、オレにくれると言った上着と靴はどこにある」と尋ねた。

センデリネスは箪笥のところまでペルナレスを連れて行った。

「見てごらん」と言った。

男は気持ちよさそうに布の表面を手で触っていた。

「うへっ。むかし言ってた三つ揃えじゃないか。縞模様のチョコレート色ってのが気に入ったね。こんなの着ちまったら、おふくろだってオレとは気付くまいよ」

ほくそ笑んでいた。そして付け加えた。

「川上のパウラちゃん、オレがこれ着てるとこ見たらたまげてしまうぞ。公爵夫人みてえにお高くとまってるのさ。オレ、こう言ってやるさ。『パウラちゃん、ハエにたかられないところどこかに行きましょうか』って。するとパウラちゃん怒るぞ。ひっひっひっ」

ペルナレスは古いサンダルを脱ぎ、片方の靴に素足を入れた。

「この靴ぶかぶかだぞ。お前試してみろ」。ペルナレスの目鼻立ちは髭の下、心配と困惑の表情になった。「どうしたらいいかね」

少年はちょっとの間考えた。

「そこに黄色の縞模様の靴下があるはずだけど」とようやく言った。「その靴下履けば、きちんと靴履けると思うよ」

箱の底の方から黄色い縞模様の靴下を引っ張り出すと、片方を履いてみた。先端に隙間ができるほど靴下は大きかった。しかし言った。

「オレにぴったりだね」

にこにこしていた。靴を履き、ホックをかけた。それから足を伸ばし、しめしめという表情で足元を見た。まるでバランスの悪い台座の上の彫像のようだった。

「おい。パウラのやつ、今度こそオレと踊りたいと言うと思うぞ」

ペルナレスの背後ではトリノが辛抱強く、諦めたように自分の裸体に何か着せてくれないものかと待っていた。センデリネス少年は眠くなり、瞼が重くなっていった。少年はぐっと堪《こら》えて目を開けておこうと努めた。そのたびに眼球が膨れ上がり、がまんしきれないほど眼窩の内側が圧迫される感覚を覚えた。じっと動かないトリノ父さん、発電所のタービンの唸り声、ペルナレスの声、ウズラのゴキッチョと鳴く声が、重なり合って睡魔となって少年を襲ってくる。しかし少年は、少なくとも父さんに着物を着せるまでは目を開けていなければならないことを知っていた。

ペルナレスは片方の靴を履き終わっていた。生まれて初めて木靴を履いた人のように体をふらふらさせていた。少年は時々、手足がものすごく気持ちよくなって瞳が引っ張られ、睡魔に身を任せた。目を落とし、うまくやったぞとほくそ笑みながら、この奇跡を楽しんだ。ふと少年がじっと我慢しているのに気が付いたペルナレスは頭を掻いて言った。

「さぁー、仕事、仕事。オレのやる気を逸《そ》らしちゃいけないよ、坊や」

死体に近づき、腰の下に両手を差し入れると言った。

「いいかね。オレが足を持ち上げるからな。そしたらお前、ズボンを引っ張り上げるんだぞ」
一、二回と試みたがうまくいかなかった。こめかみから汗が流れていた。三回目にやっと成功し、ズボンのボタンを掛けながら自分に言い聞かせるように言った。
「こんなこと、他の男にしてやるのは初めてのことだよ」

センデリネスは苦笑した。少年はペルナレスの声を聞いた。

「おい、お前。新しいシャツを着せてやりたいとは思わないかね、父っつぁんに。そのシャツでお前用のシャツ二枚分と繕い用の布がとれるぞ」

トリノ父さんが日曜日におしゃれ用に着ると言っていた、とっておきのシャツを持って洋服ダンスのところから戻ってきた。秘密めかして言った。

「お前、どんなにアホでも、これ新しいもの作るより高くつくの分かるぞ」

自分のボロ服の上にそのシャツを重ね合わせ、少年を正面から見た。ペルナレスは少年に片目を瞑って見せ、にこっと笑った。

「なあ、これ、オレに似合うか」と言った。

少年は眠りたいと思ったが、死んだ人のそばで独りになりたくなかった。

ペルナレスはまた言った。

「オレがこのシャツ着て通りに出たら、みんなは、これドロボーしてきたと思うだろうよ。でもな、このシャツ着てるところをパウラが見て、オレと踊るのを承知してくれるなら、それくらい喜んで我慢するぞ。それであえてオレはお前さんに提案する。死んだ人のためにまっさらの着物を着せて無駄にすることはない。せっかく生きてる人間がそれを利用できるというのに」

「それ、あんたにあげるよ」と少年が言った。少年の眉毛には夜が重くのしかかり、眠気を誘っていた。

「まあまあ、いい子だ。折角だから断ることはしねえよ。だってこの着物は靴磨きにでもしねえと、お前にはちっとも役立たねえからな」

ぴかぴかのシャツを椅子の上に置いた。さっきトリノ父さんから脱がせたばかりの、古ぼけて汗の滲みたシャツを手にすると、死体の脇の下に自分の腕を差し入れて死体を起こした。

「そうだ。腕を袖に通すんだ。そうそう……」

トリノの手足が硬直していて思い通りにならないことに少年は苛々していた。少年はあることを期待していたが、それは起こらなかった。

「何にもしゃべらなかった」。作業が済むと少しがっかりして言った。

ペルナレスは驚いて少年を振り返った。

「だれがだ」

「父さんだよ」

「父っつぁんに何と言って欲しかったんだ」

「オビが言ってた。死んだ人がしゃべるんだって。それから、死んだ人のそばにいるネコもしゃべるんだって」

「ああ、そうだったのか」。ペルナレスは言った。

死人に着物を着せ終わると小瓶の栓を抜き、ごくごくと一気に飲んだ。それから小瓶をポケットにしまい込み、目覚まし時計をもう片方のポケットに入れ、ジャケットとシャツを前腕に掛けた。ベッドの足元のところで少しの間止まって、死体をしげしげと見た。

「えーと」。急に言った。「この男はまるで悪魔を見たとでもいうように、両目と口を開けっぴろげだな。お前、閉じようとしてみたか」

「いいえ」と少年は言った。

ペルナレスは少し迷ったが、やがて着物を椅子の上に置くと死体に近付いた。

瞼の上に指二本をじっと動かさずに少しの間置いておき、やがて指を除けると、トリニダーは目を瞑って安らかになった。次に首筋にスカーフを結わえ付け、それを顎の下に回した。それが済むと言った。

「明日な、お前がみんなに知らせに下りていく時、スカーフを外してあげな。父っつぁんの口、閉まってるよ」

センデリネスは急に怯えが走った。

「もう行ってしまうんですか」。息せき切って訊いた。

「なんだって。おれはあっちの下の方で仕事してるんだよ。忘れちゃ困るよ」

少年は急にしゃんとなった。

「今何時？」

ペルナレスはポケットから目覚まし時計を取り出した。

「この時計では二時だな。でも、進んでるかも知れんぞ」

「六時にならないとコンラドは発電所から上がってこない」。少年は叫んだ。「だからその時まで、ぼくといっしょにここにいてくれませんか」

「六時かい。なあ、お前さん。おれの身にもなってみてくれ」

センデリネスは悲嘆に暮れた。悲しそうな眼差しで父さんの死体を見渡した。堰《せき》を切ったように言った。

「ねぇ、ここにいておくれよ。そしたらあげるから……」。タンスの方に向かった。「このネクタイ、パンツ、このチョッキ、ジャケットも、それから……」

そう言いながら、これらのものを床にぶちまけた。独りになるのが怖くなって怯えていたのだ。隅の方へ走って行った。

「……それにラジオも」と叫んだ。

今にも泣き出しそうな目でペルナレスを見た。

「ペルナレス、もしぼくといっしょにここにいてくれたら、このラジオもあげるから」。これでどうだというように繰り返した。

ペルナレスはのろのろとした足取りで部屋の中を歩いた。

「お前の言うことを聞き入れると、オレの方がよけいに損する」

しかしペルナレスが腰を下ろすのを見て、センデリネスは笑みを浮かべてペルナレスに感謝した。これで事はうまく回り始めた。コンラドは六時にやってきてくれる。お日様はそこから十四時間は照らしていてくれる。センデリネスは丸椅子に座り、ワラ布団に肘を付いて、手の平で顎を支えた。ペルナレスのやる気を回復させることができたのだ。数分の間、黙ってペルナレスを見続けていた。発電所のボン、ボンという音が河川敷から重々しく上っていた。

ふと少年は言った。

「ペルナレス、犬歯から唾を吐く問題を解決しておこうよ。これ、ぜひ習っておきたい」

ペルナレスはやおらポケットから小瓶を取り出すと飲んだ。少年の言葉を全然聞かなかったように、少年がそこにいることなどまったく気にせず、ゆっくりと飲んだ。飲み終わるとゆっくりと栓を閉め、またポケットにしまいこんだ。そうして言った。

「世間には悪いやつがたくさんいることに気付いた時、オレは犬歯から唾を吐くことを覚えた。悪いやつと殴り合いになって、お前を取り囲んだとき、犬歯から唾を吐いてみるといい。誰も何も言わなくなるぞ。そこでオレ、自分に言い聞かせたね。『ペルナレスよ、お前は悪い奴らに、このオレに握りこぶしを振り上げるな、オレを取り囲むな、と言ってやるために、犬歯の間から唾を吐くやり方を覚えないといけない』とね。それで覚えたのよ。とても簡単さ、いいかい」

少年の小さな頭は揺れ始めた。少しの間、少年はそれを抑えようと努めた。目を開けるだけ開けて尋ねた。

「どんなにしてやるの」

ペルナレスは口を大きく開けた。そうしてパスタを口いっぱい含んでいるような声で話した。黒くなった人差し指の爪で自分の唇を指し示していた。

「そりゃ簡単だよ、坊や。舌を丸めてな、凹んだところに唾を溜めるのさ」

センデリネスは眠くてついていけなくなっていた。ウズラが鳴いてびっくりした。コオロギは十五分くらい前から鳴くのを止めていた。

「それから、ひたすら歯に押し当てる、そいでもって……」

センデリネスはすやすやと眠っていた。そばに誰かがついていてくれるという意識があって、安心してしまったのだ。それに、父さんはちゃんと着物を着てベッドに寝かせてあるということで神経が鎮められた。その他のことすべてがセンデリネスから遠ざかっていった。明日、山の頂の向こうに何が発見されようと、そんなことは気を揉むことではなかった。

「それでな、唾は犬歯の間から出ていくんだ。なぜかといえば……」

少年は襲ってくる睡魔に打ち勝とうと頑張ったが、とうとう死んだ人の足のそばでワラ布団の上に額を静かにもたせかけ眠ってしまった。少年の唇はかすかに微笑みかけていた。すべすべしたほっぺたには小さな笑窪ができていた。

ふと目を覚ました。思ったより短い時間ではない。新しい陽の光が窓から差し込んでいた。ヒバリが道端でさえずっていた。ペルナレスはいなかった。かわりにコンラドがいた。

ベッドの足元に、背高く厳しく霧の中に立っているように見えた。少年はあえて笑みを作ることもなかった。微笑んだままの寝顔を見せてコンラドを迎えた。

「こんにちは」と言った。

ナイトテーブルの上のホタルはもう光を放っていなかった。コオロギも、ウズラも鳴いていなかった。川沿いの発電所からは疲れ知らずのボン、ボンと脈を打つような鈍い音が聞こえていた。コンラドは白いシャツのボタンをきちんと上まで掛けてから、死んだ人のいるところへ入って行った。センデリネスは起き上がり、足で丸椅子をどけた。恐ろしいほど白くなり、恐ろしいほど硬直した沈黙の父さんがそこにいることを確かめると、もう父さんには新しい陽の光は差さないことが分かり、ふと微笑むのを止めた。

そして言った。

「ぼく、みんなに知らせに行ってくる」

コンラドは頷いた。少年が座っていた丸椅子に座ると、椅子をベッドへ近づけた。きざみタバコを取り出して紙に巻き始めたが、その手は少し震えていた。

「遅くなるんじゃないぞ」と言った。

終

狂人——El loco

I

大好きなダビ兄《あん》ちゃ

ああ、可哀そうに、優しいダビ兄ちゃ。また兄ちゃと向かい合えた。兄ちゃが強情なら、おれも強情だね。おれも同じおふくろの息子だもんな。でも、兄弟の仲じゃこの言い方は正確じゃないし、よく物事を見てないってことだよ。兄ちゃがおれんとこに来ないなら、おれが兄ちゃのところに行く。どっちみち同じことよ。そんなことをサンチェスに言ったら、やつ、おれに言った。『バカ言っちゃいけないよ。おれがそっちに行く、ということは降参するということだよ』。で、おれ答えた。『だっておれたち、兄弟だぜ』。『たとえ兄弟であってもだな』とサンチェスは言った。おれは迷った。ダビ兄ちゃ、告白すると、家内のアウラが、『兄さんに短い手紙書くのに、なにもそんなにぐずぐずすることないじゃないの』とおれに言った時、おれはやっと決心した。『アウラの言うのはもっともだ』と思った。というわけで、ダビ兄ちゃにこうして書いている次第さ。このところ、おれの周りにちょっとした出来事があって多少気が動転している。真実がどこに行き着くか、ウソがどこに行き着くか、真実のはずのこと、ウソのはずのことがどこに行き着くか、まだよくわからない。分かっていることはただひとつ、大きな混乱が先にあって、その混乱からまるっきり違った形で結果が生じてしまったってことさ。
やあ、ダビ兄ちゃ、まあ、座ってくれや。タバコやんなら一服やんな(別に勧めてるわけじゃない。なにしろタバコはもっぱらガン発生の重要な原因の一つだという信仰がますます広がってるからな)。これから、ここに書いてあることよく注意して読んどくれよ。おれの流儀で説明するからよ。

II

十月十三日の午後がその発端だった。子供の時から、秋になるときまって無性に落ち込んでしまうが、そんな疲れた足取りで会社を出た時のことだ。この時間帯、町の中心街は打ちひしがれたというか、憂鬱なとでもいおうか、そんなおれの心の状態には似つかわしくなかった。そのためか、それとも神様の導きだったのかはわからないが、おれはその方向、つまり最初の曲がり角を左に曲がった。道を曲がった時、おれは自分自身の落ち着きを模索していたと思うね。後になってみると、その道を曲がったのはどう考えても人生のある瞬間、人間と物との間に生ずる不可思議な「手繰り寄せ」としか考えられないのさ。おれはかなりの時間当て所もなく歩き回ると、ある淋しく辺鄙《へんぴ》で見たこともないような場所へやってきた。すると看板が目に入った。裸電球が薄暗くそれを照らしていた。〈ワイン〉と書いてある。おれは考えた、『一杯やるかな』。ダビ兄ちゃ、偶然の連続だが、おれはワインが好きじゃなかったし、アルコールに捌け口を求めることは決してなかったし、こんな半端な時間に酒飲むなんて真っ当なことではないように思えた。こんなご託を並べたからといって、おれが酔っ払っていると思わないでくれ。それはともかく、おれはバーに入った。長いテーブルの前に座ると、白を一杯注文した。

数分たってようやくおれは、カウンターに肘をついている男に気が付いた。念入りに髪を整えたバーテンに、酒を注がれるまま話しかけている。男はとても太っていてなにやらだらしなく、垢抜けしていない感じを漂わしていた。黒いオーバーに包《くる》まって、まるでソーセージのように体を締めていた。オーバーは体には短く、下からズボンが覗《のぞ》いており、膝に大きな弛みができていた。狂ったように大げさな身振り手振りで話すさまはせっかちではあるが、どことなく面倒くさそうにもったいぶった動きは象に似て、うっとうしい男という印象だった。しかし、もっと印象的だったのはそいつの顔形だ。ダビ兄ちゃ、片目がだらりと落ち、焦点が合っていない。両眼は灰色で精気がなくほとんど真っ白で、中身が軟《やわ》らかそうでぞっとさせられる。唇はとても赤く、ひょっとしたら、肌の青白さのためよけいに赤く見えたのかもしれない。下唇はある瞬間、だらんと重く垂れ下がった。

III

そいつの印象が強烈だったので、グラスに口を付けようとしたが止めてグラスをテーブルに戻した。ダビ兄ちゃ、その時、おれの中を不思議な感覚が走った。まるで自分の現世が前世と急に繋がったような感じだった。おかしいか。

その時のおれの心理状態を兄ちゃに説明しようとすると首のガングリオン〔腫れ物〕が痛くなるよ。骨が折れるし、早い話、難しいよ。きっとダビ兄ちゃも経験したことあると思うけど、ある一つの言葉を聞くとか一つの景色を眺めたとき、それが生まれて初めてなのに、いや、これ、いつかどこかで聞いたことがある、眺めたことがあるという気がしてくるんだ。それをどんなに思い出そうとしてもそれがいつだったか、ひょっとして夢の中だったかどうかさえはっきりしない。だけどこれは初めてではなく、二度目だということだけはわかるんだな。そうするとひょっとして、ダビ兄ちゃ、前世というものがあって、一度前世を経験し、現世でこれは初めての経験という意識で聞いたり見たりしている言葉や景色を、前世ですでに聞いたり眺めたりしたのではなかったかという気がしてくるんだ。そこで自分に呟く。『いや、これはおれにとってまったくの初めてではないぞ』と。

ダビ兄ちゃもこんなこと何回か経験していると思うよ。そうだろう？　そして、どう頭を捻っても脳は火花を発せず、疑問はそのままになってしまう。そのうちそのことを忘れてしまい、二度と思い出さない。ミステリーの不可解性にやがて飽きがきて、挫折して終わりになる。ところで、ダビ兄ちゃ、おれはその男から際立って強烈な印象を受けたので、その風采に抵抗はあったけど、そいつの眼差しに引きつけられ、意志を支配され、引っ張られるように、そいつを見続けておく必要を感じたのだ。

IV

カウンターのボーイは男を横目で見ながら、屈託があるように含み笑いをしていた。ボーイは皺のよった、丈の短い白のジャケットを着ていた。袖口にはワインのシミが付いていた。黒い髪を整髪料でてかてかに光らせ、オールバックにしていた。

太った男が途切れた会話を再開するように言った。

「最悪、こんな不運ってまたとない。カンヌキは外から掛けられてるんだよ。目を覚ましてな、膝折り曲げようとしたらな、大きな箱にぶつかって、ごつんと大きな音がして驚いたのなんのって、その時考えたね、『うん、自力で起きてみせるぞ』と。そして起きようとすると、またごつん、おでこが蓋にぶつかってたんこぶさ。こいつはいけねえ、まだ目がよく覚めてないなと考えて目を見開き、いったい何が起こったのかと思ったね。しかし目は痛い。そして目は開いているんだか閉じてるんだか分かんなくなってきた。周りは暗くて、人間の目じゃ人の手か人の胸だか皆目分かんなかった……」

ここでやつは息を継いで、もう一杯グラスを飲み干した。ゆっくりと重々しく動いていたが、しっかりと力が籠っていた。声は何かが喉につかえたようにすらすらとは出なかった。実際何かが喉に引っ掛かっているようだった。やがてその声は不快な鼻声になっていた。ボーイはマルメロ〔黄橙色で洋梨形、芳香があり、カリンに似ている。ジャム、果実酒をつくる〕のほろ苦い表情で男に微笑みかけると、それに焚きつけられたように太った男は続けて話した。

「生涯こんなに不幸なことはないと思うよ。いいかね、暗いだけじゃない。すべてが不幸なんだ。起き上がれないことが分かると、もぞもぞと体を動かそうとしたが、それもできない。それはなキミ、親父か兄弟、その他私を愛してると言ってくれてる人たちが、第一の理由はきっちりと背丈の寸法を測ってその通りに作るのが自慢で、第二は木材が高いし、ちょっとでも大きいものを作るのはもったいないからという理由で、背丈ぎりぎりに作ってあったんだね。つまりは身動き一つできないんだよ。そこで考えた。あ、おれ、閉じ込められていると。突如、恐怖が襲った。別の努力をやってみた。再び横板とぶつかる。それに、かみさんだか兄弟だかが着せてくれた修道服と礼服が邪魔して身動きできない。それで急に孤独に気付く。そいつがよけいにいけない。一人ぼっちなのだ。黒い鳥のように群をなして襲ってくる静寂に耳を澄ますのだ。板の隙間を通って静寂が入ってくる。おれは大声を上げる。静寂を打ち破り抵抗するのだ。しかし叫び声は厚板の間に絡みつき、打ち砕かれ、箱の周囲せいぜい三メートル四方より外には届かない。だが叫びに叫ぶ。しまいには叫び声が聞いてもらえないのに猛り狂う、叫べば叫ぶほど周りを取り巻く静寂が深まるばかり。ふと考える。『たいへんだ。おれは生きたまま埋葬されてしまった』と。そして手に歯を立てて噛み、起き上がることを阻止している板に爪を突き立て、これでもか、これでもかと喚き罵る。その後は犬のように泣く。空気が段々不足し始めているのに気付く。また蓋を破る努力を重ねる。しかしかみさん、姉妹もしくは愛していると言ってくれてる人たちは、死体がよく持ち堪《こた》えるように、それとも友人たちに『なんとまあ、最期まで絶大なる敬意が払われたものだ』と言ってもらえるために、堅い栗材かクルミ材でしつらえてあるのだ。それがよけいに悔しい。なぜ松材のようにもっと軟らかい素材のものを買わなかったのだと苛立つ。そっちの方が自分のためによかれと思い、保存状態を良くし、短時日のうちに朽ちてばらばらにならないようにと考えてみんながそうしたのだと考えると余計に歯痒く、まったく遣り切れなかったよ」

V

男の額には小さな汗の滴が光っていた。荒い息をしていた。遠くから見ても、男は自分の体験談を語っていることが分かった。ボーイは微笑を止めた。ボーイは白の上っ張りで両手を拭うと言った。

「それで、あなたはそれを体験なさったのですね。いや、驚きました」

おれは興奮を抑えることができなくて言った。

「白、もう一杯」

カウンターで飲んでいた男はおれの方を振り向いた。この時までおれの存在に気付いていなかった。グラス越しに見る彼の奇妙な目はとてつもなく大きくなっている。拡大した瞳孔が何かに取り憑かれて、観察するようにじっとグラス越しにおれを見ていた。彼はレンズを通しておれを観察するようにしばらくじっとそのままでいた。男の正常な目とレンズで拡大された目との不釣合いが、男の印象を余計に不快なものにしていた。ダビ兄ちゃ、どうも、やつの人格がおれの中にもたらしたものと似た感情が男の中にもたらされていたのかもしれなかった。髪を撫で付けたボーイはカウンター越しにおれに注いでくれた後、男の方を振り向いて言った。

「そんなに事細かに描写なさるところを見ると、どうも体験なさったのですね、実際に！」

男はおれから目を離し、ゆっくりともったいぶってボーイに目を向けた。

「毎晩、その夢を見るのさ」と男は言った。「それが実際の体験よりも始末が悪いのさ」

一息ついた。そして言った。

「なあ、キミ。聖人の列に加えられると思っていたところ、最後の最後に、忍耐という徳を守らなかったため聖人になれなかった人の話を知ってるかね」

髪を撫で付けたボーイが頭を振って、知らないと言った。静寂が張り詰め、緊張に堪えられず、おれは叫んだ。

「白。もう一杯!」

男はまた振り返っておれを見た。自分の話を中断されて当惑した。ボーイは仕方なさそうにおれに注ぐと、カウンターの後ろに戻った。男は言った。

「その人の美徳を讃え、まさに聖者の列に加えられようという段階になって、その人の墓を掘り起こした時、顔は引き攣り、五体が縮こまっているのが分かったのさ〔カトリックで聖人に列せられる最後の条件は、死に様が穏やかであること、とされており、棺を開き、それが調べられる〕。お棺の内側の板壁を爪で引っ掻いた跡があり、その人は生きたまま埋葬されたというわけだ。力尽きて諦めたのだ。これで話はおしまいさ。ぞっとする話だろう?」

ボーイは微笑もうとしたが、曖昧な顰《しか》め面にしかならなかった。オーバーの男が慌てて言葉を継いだ。

「おれの場合、頭に鉄砲の弾二発ぶち込んでもらってから埋葬して欲しいよ。それとも大学の医学部に持ち込んでもらって、そこで学生たちに体を切り刻んでもらって、思う存分実験観察して楽しんでもらってからの方がまだ確実だな」

　ボーイは急に吐き気を催したように見えた。男が表情ひとつ変えず、チョッキのポケットに手を突っ込んで、

「いくらかね？」

と訊いた時、返事に手間取った。

　大きな男が店から出ると、おれはすぐに立ち上がって、カウンターのボーイに尋ねた。

「誰だい？」

「なんとかいった。ロビネかな」

「フランス人かい」

「フランス人ですかね。ひょっとしたらオーストリア人か、ロシア人ってところですね。あの人はこのあたりに住んでいますよ」

　おれは五ペセタ硬貨をカウンターの上に置くと、走って外に出た。誰もいなかった。ロビネは跡形もなく見えなくなっていた。

VI

アウリタ〔前出のアウラの愛称、主人公の妻〕はいい女だよ。一生のうち、あんな女に出会ったとしたら、ダビ兄ちゃだって間違いなく結婚したと思うよ。男というものは、人生の中でこれと思った女に出会った時だけは自分のありったけの力を発揮するもんさ。アウリタはいい女だということと、アウリタはおれにはいい女に見えたということの間には全然違いはないと思う。とにかくおれとしちゃ、満足しているといえる。たとえおれがロビネと会った夜、彼女が怒ったとしても、そんなことは何の意味もない。第一、怒った理由はなぜかというと帰りが遅くなったからであり、第二に、彼女の言い分によれば、おれの息がワイン臭かったからだ。おれは彼女に、ワインを一杯飲むことくらい別に罪にならないってことを分からせたいと思った。すると言われたね。そんなことくどくど言っているのが、そもそも酔っ払ってる証拠よって。おれは彼女に言ってやった。バカをやめて、静かにしなさいって。だけど彼女は寝室の扉を閉めて中に閉じこもりベッドに横になると、いきなり泣き出した。

こんな状況下でのわれら夫婦の行動はどうだったか、気になるだろうね、ダビ兄ちゃ。今言おうと思ってたがね、以前、アウリタはそんな風じゃなかったことは先刻ご存じだ。すべてがこれと正反対。おれが銀行から足冷たくして帰ってくると、ちゃんと上履を火鉢のそばに置いて暖めてくれたし、テーブルの上には熱くしたコーヒー、寝る時には上着の形がくずれないように掛けておくために、そばに椅子を置いてくれた。そんな痒いところに手が届くようにされると、かえっておれは苛々したくらいだった。そうでなければ彼女の今の態度におれが怒るなんてことないよ。もしおれの心に何かあったとすれば、それは同情だね。その日アウリタはずっと吐いたり、ムカついたり、妙なさしこみに悩まされながら一日を過ごしていた。おれは彼女に言った。『苦しいのか』。こちらは心底無邪気な気持ちで言ったのさ。ところが彼女は怒って返事をした。『あんたって、なぜ私にそんな冗談みたいな調子で言うの?』

ダビ兄ちゃ、おれ、分かってはいる。アウリタはまだほんのねんね、ねんね以上ではないってことを。アウリタは美しいとおれが兄ちゃに言わなくとも、男たちに振り返って見られるような少女ではなくとも、アウリタは断然魅力があると思う。なんといったらよいのかよく分からないけど、おれの怒りを鎮めてくれる一つの魅力がある。よくぞこんな女と巡り会ったものだ。けだし、これ、人生の偉大なる偶然性の一つだ。

VII

ある日、映画館で入場券を買おうと列を作っていたと思ってくれ。ひとりの少女がおれに近付いてきて言った。『すみませんが、わたしに指定席切符を二枚買って頂けないかしら』。おれはどぎまぎした。そして叫ぶように言った。『ええ、一向に構いませんが』。その時おれ、いたずら心が起こった。いつもは安い二階自由席に行くけど、こんな時は張り込んで、二つの指定席のすぐ隣の指定席を買って座ることができるぞ。その考えが一途となり、神経が高ぶった。そしておれの戸惑いを気取られないようにと、照明が消えるのを待った。暗がりの中、おれは女の隣に座った。女はおれのこと横目で見た。おれはお腹の中に石を呑み込んだような感じがした。

偶然といえば、偶然。映画はあるお金持ちの女と恋に陥《おちい》る銀行のサラリーマンが主人公だった。お金持ちの女は銀行員と、女の財産目当てではなく純粋な愛によって結ばれたいと思い、銀行のOLを装う。おれは我慢しきれなくなって、ダビ兄ちゃ、彼女に近付き、声はくぐもっていたが言った。『ボクも銀行勤めです』と。彼女はそっと笑い、小声で言った。『もちろん、わたし、お金持ちじゃないわ』。おれ、厚かましくなった。『その方がいいではないですか』。映画館を出ると、家まで送って行った。その翌日から、女が家から出てくるのを待ち伏せした。ある日、女が映画館で切符の列に並んでいたところに、偶然出会ったような振りをして言った。『お嬢さん、一人分の切符を私に買って下さいませんか』。なんと驚くなかれ、女はその言葉を気に入ってくれて、それ以来いいお友達になって、ちょくちょく会うようになったのさ。おれは当時下宿屋のおかみさんにはうんざりしていてね。なにせ、若い学生とつるんで歩いていたし、そいつの宿賃はもらわないし、その若い男はベルギー人だったけど、ビールで酔っ払って、毎晩、湯船の中で小便たれるんだ。汚いのなんのって。

ある晩、おれはワインを三杯空けるとアウリタに言った。キミと結婚して、3DK浴室付きのマンションに住んだら仕合せだろうなって。アウリタは笑って言った。『いいわ、それじゃ仕合せになりましょう』。そしておれたちは計算を始めた。理論的に言えば予算はゆうゆう足りた。そしてアウリタは言った。『あーら、わたしね、映画が生きがいなのを忘れないでね』。潤んだ瞳を半ば閉じた。ダビ兄ちゃ、そのとたん、たまらなく女にキスしたいと思ったな。

VIII

だからその他の点、たとえアウリタが今おれにつっけんどんにしていても、おれは彼女を許せる。なぜならおれが街のなか、独り淋しく誰も助けてくれる者とてなかった時、彼女はおれに手を差し伸べてくれ、とても優しくしてくれた。だからワインの臭いをぷんぷんさせて遅く帰ったからといって膨れ面をした夜、おれはじっと我慢してロビネのことを考えながら一人で食事した。気が付いてみるとロビネは強迫観念となっていた。アウリタもおれの中に何か只ならぬ物を察知した。最後には証券部仲間のサンチェスまでも、ある日おれにこう言った。

「おい、ルノアール、どうした。この二、三週間、お前、何やってもうまくいかないみたいだけど」

サンチェスにこう言われた時、初めておれは気付いたよ、ダビ兄ちゃ。自分の姓がロビネと同じフランス人のものだってことをね。そしておれ、独り言を言った。『やつとの関係が出来てきたぞ』。しかし出口のところで考えた。『おれのフランスの姓が何か特別変わったところがあるのかね』。なぜならおれ、よく思い出していたよ、ダビ兄ちゃ。レイノサーサンタンデル間の鉄道敷設のためにフランスからやってきたルノアール祖父《じい》さんのことをな。祖母《ばあ》さんと知り合った時、曾祖父さんは根っからの国粋主義者で『おれの娘はフランス人なんかにやるもんか』と言っていた。しかし岩にトンネルの穴開けるのがお手のものだったルノアールお祖父さんは、お祖母さんの心に穴開けるのにたいした障害はなかった。お祖父さんは秘密のデートでお祖母さんに言った。『マ・シェリ・モ・ナムール・エ・トッシ・グラン・オッシ・フェルム・エ・デフィニティフ・ク・リュンヌ・ド・セ・オート・モンターニュ』。その後、ルノアールお祖父さんは『もし三回目の口笛でバルコニーにお祖母さんが顔を出さなかったら、曾祖父の家のドアのところでピストル自殺します』と言って曾祖父を脅迫し、とうとう曾祖父は屈した。ダビ兄ちゃ、『この話とロビネとは何の関係もないが』と兄ちゃは言うかもしれん。その通り、おれの独り言さ。だけどそんな風にして、ロビネのこと、ぐるぐる何度も考えていたら、ロビネの顔をしたルノアールお祖父さんが急に優しくなって『私の愛しい人よ。私の恋はあの一番高い山のように偉大で揺るぎなく、決定的なのだよ〔マ・シェリ以下先行フランス語の訳文〕』と言っているのを想像するのも、別におかしくはないように思えてきたのさ。

だけど本当のところは、ロビネは日が経つにつれて、その存在はおれから遠ざかっていった。ダビ兄ちゃ、あいつとおれとの間にお互いに救い、救われたいという関係を確立しようと思ったおれは、毎日だんだん食欲が落ちて眠れなくなり、発熱するようになった。アウリタはおれのこと、あしざまに言う。アスピリン飲めと言う。二言目には、お腹の中の赤ちゃんは自分のものでもあるし、あんたのものでもある。二人で責任を分かち合わなくちゃいけないわと言う始末。

IX

だから会社から割り当てられた、又とない快適で居心地のよいおれの仕事場を使って、当面のおれの問題を考えてみたいと思った。ダビ兄ちゃ、考えてもみてくれ。オフィスの一角の窓際に事務机が置いてあって、そこに座ると、ちょうど真後ろに暖房機があって、いつもほかほかの暖房を腎臓で感じている。こんなにして一般の事務員とは引き離されている。だからわざわざおれを訪ねて来る者がいなければ、誰とも顔を合わせる必要はない。そこでおれはゆったりと腹を据えてロビネのことを考え、どう対処すべきかメモ書きする。そしてあれこれと推測する。それで夜になると夢中になって頭を活動させるので、眠れなくなって、同時に体を壊し、首のところに腫れ物ができた。保険医にはこれはガングリオン（結節腫）だ、しっかり食事をして、夜は十時間睡眠を取るようにと言われた。だけどアウリタはおれに難癖をつけ、ちっぽけな腫れ物にそんなに大事を取るのなら、私のお腹の腫れ物はどうすればいいのよと言い返された。おれが我を忘れて夢中になっているのを見て苛々していたのだ。とうとうある午後爆発して、旅行かばんを用意すると、実家へ帰らせてもらいますと言った。おれは、まあ、待ってくれと彼女を宥《なだ》めたが、彼女は言った。

「夫が愛人を持つまで我慢しなくちゃならないの？」

「そんなこと言うなよ」とおれは言った。

「だってそうでしょう。あんた、いったい、このごろずっと何考えてんの？　何だって眠れないのよ。どうして食欲ないの。教えてちょうだい」

こんな時期に妊婦を心配させると障害のある赤ん坊が生まれるかもしれないので、アウリタには何も言うまいと自分に言い聞かせていたけど、ダビ兄ちゃ、彼女のこんな有様を見て、あらいざらい語って聞かせたのさ。彼女よく聞いてた。その後で言った。

「わたしはね、街角で或る男の人と百回会ってるわ。でもその人がどの店で働いてるか全然知らない。そんなことはバカげたことで小さな子供の心配事よ」

おれはそれは違うということを分からせようとしたが、彼女は自分が道で出会って見失った男の人のことを言って譲ろうとはしない。しかしそれからの日々、おれの行動に著しい変化が見られないのを見て、アウリタはことある毎に泣きながら罵り、ロビネの方がわたしよりよほど大事なのね、そんな人我慢ができないわと言うようになった。

X

ダビ兄ちゃ、おれの立場に立ってもみてくれよ。予兆、予感……。

それだけだ。これは本当のことだ。そしておれは家内に逆らい、自分の健康に逆らい、すべてに逆らい、頑なに我を張って譲らなかった。証券部仲間のサンチェスもおれの不具合に気付いて、ある日言った。『ルノアール、注意しなよ。ひとつの固定観念に捉われるなよ。頭の中に観念が固まり、胃の中が空っぽになると、お終いは精神病院に行くことになるぞ』と。おれ、ちょっとぎくっとしたね。ダビ兄ちゃ、なぜかといえば、本当言っておれの興奮はとても大きかったけれど、ついには恐怖への強迫観念が広まり、よし、ロビネを探し出すまで休まないぞと決心していたからだ。

そしてアウリタには何も告げず、毎日会社がひけると、髪を撫で付けたボーイのいる酒場の近くの通りをあちこちぶらついた。アウリタには、計算と現金の勘定が合わなかったから残業したと言った。この違算は銀行には頻繁にあることで、勘定が合うまで残らされた。そんなある日の午後、単純で実りもない違算究明に疲れて、酒場のドアを押して中に入った。

「やあ」。髪を撫で付けたボーイにおれは言った。

「やあ、こんにちは」と彼が言った。

「ロビネさんは？」

「どうしてお客さんはロビネさんにしつこく会いたがってらっしゃるのですか」

おれは、ダビ兄ちゃ、サービスに対してはお金を払う積もりはしていた。そしておれはボーイの手に五ペセタ握らせた。彼は鋭くひくひくと笑い、もらった五ペセタを頭の上でひらひらさせ、おれを傷つけた。急に叫んだ。

「ロビネさんを捕まえたいなら、ご自分でお探しになったらいかがですか。私には何も悪いことはなさってておりませんので」

五ペセタを返すのかと思った時、おれの顔の前にべとべとに湿った札を放り出した。おれはぐっと我慢してそこを出た。家に着くと、アウリタは荒々しく、おれの考え事を引っ掻き回した。

「どこ行ってたの、さあ、言ってちょうだい」と言った。

「会社さ」とおれは言った。「違算があってな」

「うそおっしゃい！」とアウリタ。

おれは、わが家庭にはロビネの出現以来ひとつの誤解が生じていることを悟った。アウリタはおれが浮気をしていると疑っていたのだ。

「お店から、わたし会社のあんたに電話したのよ。そしたら一時間半前に会社を出たと言われたわ」

びっくりしたね、ダビ兄ちゃ。例によってウソがばれちゃったのさ。

「うん」。ようやく言った。「ロビネを探していたんだ」

「またいつかの男かい」とアウリタは怒って言った。

「どうしようもない問題さ」。おれは上着を脱ぎながら言った。

その瞬間、ダビ兄ちゃ、おれは無性にアウリタが欲しくなってな、彼女の肩、喉が。そして彼女が座っていたソファの袖に座って腰に手を回すと、おれの手の平の下でアウリタの体が電気に触れたように震えているのを感じた。彼女はおれのなすまま受身になっていた。それがおれをますます燃え上がらせた。急におれの目を見た。

「もうロビネのこと考えないのよ。でなきゃ、だめ」

その時は、ロビネのこと、頭から取り去って井戸の中に捨て去ると約束した。だけど、ダビ兄ちゃ、聞くけど『そんな場合の約束って無効だと思わないかい』

XI

毎朝、研修医がやってきてヨードの注射を打つ。これがすごく痛い。体が突き通されるようなのだ。ある日、研修医にそう言った。彼は小男で、まるで彼の打つ注射針のように痩せている。それに愛想がない。おれに答えた。『静かにして下さい。間違うと、坐骨に針、突き刺さってしまいますよ』。それ以来諦めて、されるままにした。

そういう次第で、首の腫れ物は良くならなかった。それは痛みのある硬さ。膿疱のようだが、それより硬くなく、部位は限られた範囲だ。研修医は大したことではありませんよと言ったが、おれは特に午後になると気分が優れず、大きく落ち込むんですと念を押した。彼は微熱のためです、体温には気を付けなくちゃいけませんと言った。

体温になんて気を付けられるか、ダビ兄ちゃ。ある日、三十七度二分あると『明日は下がるさ、見ておれ』と思う。そして翌日、三十七度一分になって『なんだ、明日は熱がなくなっているさ。順調さ』。しかしその翌日は三十七度三分になって考える。『このガラクタ体温計め、故障しているに違いない』。そうして周りの者にこの体温計が正常に作動してるかどうか一生懸命になって確かめる。

そして熱はほんの微熱に過ぎないのに、この微熱は身の破滅、家庭の破滅、一族の破滅になるのではと思い煩う。

おれの熱を見張っておくのはアウリタには面倒なことだった。そしておれに言った。つまり熱よりも、体調がいいか悪いかが問題でしょう。おれは言った、おれは体調が悪い、だから体温計をしているんだ。そしたら彼女は答えた。おれの調子を悪くしているのは微熱への不安なのだと。おれはこの辺のところ、あまり良く分からないけどね、ダビ兄ちゃ。でもおれは元気がなかった。それが不安によるのか、微熱によるのか、それとも単に調子が悪いだけなのか分からない。だけどその違いがはっきり分からないので、不安の治療、微熱の治療、体調の治療をしているのさ。

それはともかく、ガングリオンは初めの頃は毎日会社に行くのに妨げにはならなかった。サンチェスはある日おれに言った。やつの義理の父親がある時、知らぬ間におれのとちょうど同じところに腫れ物ができ、知らぬ間に治ってしまった。

結局、時間は最良の医者であり、時間が治せない病は医者も治せないと。おれは彼に言った。『でも、お舅《しゅうと》さんは微熱はなかったんだろう?』彼は答えた。『微熱があったかどうかは知らん。キミと同じく首のところに腫れ物があったことは確かだよ』。おれは彼の言ったことには重きをおかなかった。なぜならばヨード、おいしい食事、十分な休憩は良いことに決まっている。良いことというのはおれを病気から救い出してくれる時間を短縮させてくれるからであった。

XII

思いがけない時にロビネとバッタリ会うことさえなければ、おれはロビネのことを忘れ去り、アウリタと交わした約束も果たせていたと思う。ところがそういうわけにはいかなかった。当座預金課の仲間のファンドの独身お別れ会の夜のことだ。ファンドは取り立てて取り得のない男だ。肌は浅黒く、顔はあばただらけ。いつも栗色の服を着ていた。几帳面で神経質で、仕事用のアームカバーを着けていた。宴席の食べ物も飲み物も申し分なかった。帰り際、他の連中は二次会に行ってしまって、おれはサンチェスとベリゴルトゥアといっしょになった。

頭が重かった。夜風は涼しかったが、おれは暑かった。独り言を言った。『元気出せよ。この夕食はきっとガングリオンにはよく効くぞ』。そう言った時、おれはふと、通りを地下鉄の入り口の方に向かって横切って行く人影を見た。霧の中にいるかのようにおれは考えた。『おれ、あいつ知ってるぞ』。咄嗟に見失って、おれは独り言を言った。『バカヤロー、そいつはロビネだ』。おれは仲間たちに『ちょっと失礼する』とだけ言って、憑かれたように走り始めた。大馬鹿野郎のロビネは前を走って行った。おれは止まれと叫んだ。しかしそれには耳を貸さず、〈地下鉄〉の表示のある入り口の中へと消えて行った。走りながらおれは考えた。『その男はおれに借りがあるから逃げるのだ』。階段のところで少しスピードを落とした。ファンドの宴席のワインで頭の中がぐらぐらした。頭が割れないようにとゆっくり降りた。駅には人影はなかった。固く怪しい静寂に包まれている。急にサンチェスとベリゴルトゥアが上からおれを呼んだ。ちょうどその時、トンネルの中、おれの右側に足音を感じた。一瞬のうちに決心した。線路に飛び降り、暗がりの中、悪魔に取り憑かれたように走り始めた。ありったけの力を振り絞ってロビネに向かって大声を上げた。しかし返事はトンネルの反響だけだった。初めのうちは、暗がりの中白く光っていたレールに沿って伝って行ったが、やがて靄《もや》が立ちこめてきた。するとガングリオンの中に心臓の鼓動を感じた。おれは考えた。『注意しろ、電車がやってくるかも知れんぞ』。頭の中で決心した。『その時は反対側の線路に跳んでやれ』。すると恐怖の悪魔がおれに言った。『両方いっぺんに電車が来たら?』恐怖の亡霊が蛇のようにぐるぐるとぐろを巻いて喉元まで這い登ってくるが、おれは心を鎮めようと独り言を言った。『そんな偶然は起こるもんか、くそっ。こんな時間、電車などほとんど走ってないじゃないか』。その時、電車の警笛が鳴った。トンネルの中、鉄の塊が引っ張られていく振動を感じた。おれの後ろで騒音が轟き、おれは内臓が縮む思いで光の幻を見張った。反対側の線路に同じ音がしないかと、全身を緊張させて見張った。来ないのを確かめると隣の線路に跳び、車窓の電光を頼りにロビネの後を必死に追いかけた。ロビネが遠くに動いているのが見えた。

しばらくすると、また靄が戻った。そして遥か向こうに隣駅の光のアーチが現れた。ロビネがよいしょっとホームによじ登るのを見た時、別の電車が到着のため車輪を軋《きし》らせるのを聞いた。直《す》ぐに電車は警笛を鳴らして到着した。そして二人の間に割って入った。反射的に二回叫び声を上げると、その後で独り言を言った。

『お前の叫び声で立ち止まるものがあるとすれば、それは何だ』。そしておれ自身がおれに答えねばならなかった。『何もないよ』。耳元でおれに囁いたのはおれの意識に違いなかった。『じゃ、なぜ、そんなに叫ぶんだね』。おれは白状すると、その時、ロビネに挑戦しようと必死であった。だけどなぜロビネに挑戦しようとしたのか、はっきりとは分からなかった。

XIII

ダビ兄ちゃ、二年前の五月三日、ママが亡くなった。甲高い声も上げず、呻《うめ》くこともなく、鳥のように静かに息を引き取った。少し前から元気はなかったけど、これは急死といえる。第一はお金がなかったから、第二には、絶対確かだけど、ママは死んでも見栄張るのが嫌いだったから、仰々しくなく簡素に埋葬してあげたよ。

この二年間、おれはママのことたくさん思ったよ、ダビ兄ちゃ。ママはパパとは仕合せではなかった。それから、ダビ兄ちゃの家出がママをとても悲しませた。

最期の頃はしつこい坐骨神経痛に悩まされ、亡くなるちょっと前、祈祷師に相談していた。祈祷師は薬草を煎じてそれで足湯をするようにと指示した。治療で良くなったけど、そのかわり、可哀そうなママ、足湯の缶に足を浸したまま眠るようになったため、その後頻繁に風邪を引くようになった。しかたないよ、痛くて睡眠が妨げられていたからね。ダビ兄ちゃ、時々はおれのこんな馬鹿げた気性によって後悔と根拠のない不安に駆りたてられるけど、おれ、ママと折り合いが悪かったとは思っていない。

亡くなるまで数年間、ママは人とのおしゃべりに夢中だった。多くの年寄りの例に洩れず、思い出だけで生きていた。一日おきにパパとの出会いを微に入り細に入り、初めて話すようにおれに語るのだ。可哀そうなママ、しみじみと言うのだ。『わたしがね、日蝕を見ようとして擂《す》りガラスをお父さんに返そうとするとね、あの人私の目をじっと見詰めて言ったわ。「こんな擂りガラス役に立たないね。今朝の太陽は私には曇らないよ」』と。この告白の後にはいつも長く沈黙した。でも、ポー〔南フランスの町〕やフランスの話をする時は、早く話を終わりたいとでもいうように早口で喋っていた。ママはフランスではとても不幸だった。ダビ兄ちゃ、なぜかというと、その時はパパは日蝕の時のことはすっかり忘れてしまっていて、頭の中はカジノのこととそこにいたモデルたちのことだけだった。おれはママに言った。『なぜ、ポーに行くことになったの』。ママは言った。『パパがある日わたしに言ったわ。「ここは画家の働く場所じゃない。おれはパリかトゥルーズでおれの絵を吊るして展示すべきだ」』と。しかしおれ、ダビ兄ちゃ。パパはパリとトゥルーズでは絵以外にも何か吊るしていたものがあったんじゃないのかと思うね。おれはママに告白させようと思った。なぜならば、この時期のおれたちの生活についてはママは喋りたがらないことに気付いていたからね。ある晩おれに告白した。『お前が生まれた時は、わたしは門番のルーヴォアさんが上がってくるまでたった一人でお産をしたのよ』。そしてダビ兄ちゃ、おれはパパの思い出に対して、重苦しく熱い憎悪が胸の中で渦巻くのを感じていた。このおれの憎悪は、ママが痛ましい話の結末をおれに語り終えるまで消えなかった。ママはいつも言っていた。『パパが死んだ時には』と。おれはある時ママに訊いた。『パパはどうして死んだの』。ママは聞こえなかったように繰り返した。『パパが死んだ時には……』と。おれはかなり長い間これと同じ質問をするのを控えていた。ママは物語を同じ調子でぽつりぽつりと繰り返した。『パパが死んだ時にはね』。おれは言った。『ねえ、ママ、何でパパは死んだの』。ママは言った、『自殺したのよ』と。おれは身じろぎ一つしなかった。なぜなら、しばらくの間、その不幸がおれの中で葛藤していたからだ。ママは溜息を一つ漏らした。その後で言った。『二十年前のある朝、アトリエで自分に向けてピストルを放ったのよ。ダビちゃは耐えることが出来なかった。ダビちゃはそこから逃げた。それ以来、わたしはダビちゃに会ってないわ』

おれは黙ってしまった。ダビ兄ちゃ、しかし、あの状況下さぐりを入れることに決心した。ある午後、おれはママに訊ねた、『パパはよく遊んでたの』。『有り金以上にね』とママは言った。おれはまた訊いた、『どうしてボクその当時分からなかったの』。『まあ、可哀そうな子』——ママは答えた——『だってお前、たった四つだったのよ。アトリエの扉の前の踊り場で遊んでいて、わたしたちが上がって行った時、お前泣いていたよ。ピストルの発砲音が怖かったのね』。『それでダビ兄ちゃは』とおれは言った。ママは言った、『行ってしまったわ。耐えられなかったのね』

XIV

ロビネのことがあって、ダビ兄ちゃ、おれは子供のころ滞在したことのあるフランスのことを思い出したいと願った。おれは独り言を言った、『おれが何かを予感したロビネとの遭遇は、昔に繋がっている可能性がとても高いに違いない』と。しかしおれは手入れのされてない庭と、大きな木々の茂みでちょろちょろと遊びまわるリスしか思い出せなかった。時々、うんと努力をすれば、水蒸気に包まれた灰色の町が遥か遠い意識としてあった。空気はクリスタルのようにじっと動かず、透明だった。

この忘我の中、おれは自らに言った、『これはすべて、パパからおれに由来しているのかもしれない』と。ダビ兄ちゃ、おれたちはしょせん他人の延長であって、おれたちのものと思ってるものも、決して、自然発生的にいきなりおれたちの中に発生したものではないのさ。おれたちはすべてを前世から受け継いで来たんだ。だからおれはパパから大きな口とごわごわしていうことを聞かない髪の毛をもらったように、パパがロビネの感覚をおれに伝えることができたのだと初めて納得した。おれは迷信など信じないさ、だけどダビ兄ちゃ、世の中にはレーダーもテレビもあるけれど、人類の進化はまだ半分にも達してないと思う。笑うなよ、ダビ兄ちゃ、ママはパパの直情径行の気質はいろんな血が混ざり合った結果だと思っていた。なぜならパパはルノアールお祖父ちゃんとモンターニャ〔北スペイン、カンタブリアの山地〕のお祖母さんの子供だ。ママのこの確信は確固たるものがあり、ある日、ママは祈祷師に訊《たず》ねた。祈祷師は『わたしは同じようなケースでこのタイプの反応が起こるのを見てきました』と言って、ママから二十五ペセタ巻き上げた。ママはとても気持ちよく祈祷師にお金を払った。なぜならダビ兄ちゃ、ママはかつて、こんなに熱心にパパの不身持の正当性を発見しようと追求したことはなかったからだ。一方、おれは時々、催眠術の先生方がぞっとするような実験をしているのを見た。そしておれはその時、離れたところに位置する二人の人間の間の意志伝達が、言葉によらない言語で行なわれるという神秘なエネルギーの存在をこの目で見た。電線も言葉も必要ないのだ。こんな時、おれは考えた、ダビ兄ちゃ、『この原理が分かり、この意志伝達が可能になったあかつきには世界に革命が起きる』とね。

実をいうと、こんなことを信用して考えていたわけではない。内心では信じられないという疑念を以って考えていた。そして勿論、アウリタにはおれのこの考え方と警戒心のことを話してなかった。サンチェスにだけは、特に理解してくれそうに思った夜、それとなく話をした。サンチェスはおれに言った。『用心しろよ、ルノアール、きみより分別のある人でさえ精神病院行きになってるんだぜ』。その時はサンチェスの受け答えはおれには面白くなかったが、打ち解けた仲間なので正直にそう言ってくれたのだなと思った。しかし少し時間がたつにつれて、サンチェスはそんなことまで言ってくれるなんて、とても心優しいやつだと考えさせられた。なぜならおれは精神病院行きへの中途どころか、救いようのない狂人になってしまっていたからだ。

そのころのおれの気分を正確に兄ちゃに説明できるかどうかわからない。ちょうどクロスワードパズルを前にして、他はぜんぶ解けているのに、最後の一つだけまったく解けないことってよくあるだろう。その言葉はいろいろな文字を当てはめることができて、いつもよく聞く言葉か、毎日何回も使っていて馴れ親しんだ言葉だというのにさ。悩み苦しみ、何千回も考える。その空白の升目にいろんな文字を入れて試してみる。ひょっとして正しい答えに近い響きの言葉にぶつからないかと、声に出してみる。しかしまるで駄目。正解の言葉はかたくなに閉じこもり、どうだと挑戦するように嘲《あざけ》るのだ。正解に近くなったような気がしたり、遠くなってしまったりして、遠ざかっていくのだ。そして『熱くなれ、熱くなれ』、それとも『冷静に、冷静に』、誰かが耳元で囁いているような気がしてくる。いずれにしても正解に近づいていることで焦り、遠のいては焦る。どうしても正解が得られないのだ。

まさにロビネに関して、このようなことがおれに起こっていたのだ。しかしおれはこの強迫観念から目を逸らすことができないのだ。ダビ兄ちゃ、ロビネはおれの生活に良くも悪くもすっかり入りこんでしまっていたが、それは見知らぬ言葉ではないのに、完全には支配することのできないクロスワードパズルの最後の言葉のようなものだからだ。

XV

当然だけど、アウリタにはファンドの夕食会の夜の出来事は話していなかった。しかし翌日からおれは恐れた。なぜならおれの神経は張り詰めていたし、アウリタの神経もぴりぴりしていることが分かったからだ。おれは独り言を言った。

これは一触即発だなと。だから当たらず障らず、家庭における自分の務めを慎重に黙々と果たそうと努めた。しかしダビ兄ちゃ、どんなに穏やかな神経でも跳び上がらせるようなものがあると思うよ。どんな穏やかな人でも、毎朝毎朝、洗面所の排水口に髪の毛が詰まっていたり、歯磨きチューブの栓が閉まってなかったり、かみさんのネグリジェが書斎の椅子に掛けてあるのを見せられたらどう反応するか、おれ知りたい。普通はこの苛立ちを大人しく収めてしまうがね。しかしファンドの夜のことがあって三日後、洗面所の水は流れない。その日朝寝坊したため時間がなくなって、前に話したかどうか忘れたけど会社じゃ遅刻に厳しく、出勤簿にサインさせられ、遅刻者は学校の成績表のように勤務評定表で減点されるのだ。その朝、ヘアクリップで髪の詰まりをほじくらねばならなかった。歯を磨こうとしたらチューブの栓が閉まってないのを見た。外気に触れた出口のところが固まって中身が出せなかった。おれはチューブを押したが駄目。もいちどチューブを押した。出口がよほど固くなっていたとみえて、中身は出てこない。急いでたんで、渾身の力を込めてまた押した。すると急に、白いにょろっとしたものが蛇みたいに長々と飛び出して、おかしなカーブを描いて鏡にくっついた。おれは寝室に行き、むっとなってアウリタを起こした。

「歯磨きチューブの栓、いったい、いつになったら閉めるのを覚えるんだね」

「あら、そんなことでわたしを起こすなんてバカね」

「この家、いつになったら整理整頓できるんだね」

「あんたのいう整頓ってどんな風によ」

「整頓は整頓だ」

「あら、あんた、急がないと遅れるわよ」

それでもう他愛なく腰砕けだよ、ダビ兄ちゃ。そしておれは彼女に近付き、抱き寄せるとキスし、ごめんよと言った。彼女は小声で『ちょっと、そっちに寄ってちょうだい』と言って場所を空けさせた。そしておれに言った。『物覚えの悪い女房を持って災難だと思っていらっしゃらないよね』。

おれは近付き、彼女を愛撫し抱き寄せた。彼女は花嫁のネグリジェを着けていた。レースのいっぱい付いた、とても可愛いものだ。新婚を思い出させた。そしておれたちは花嫁のネグリジェに敬意を捧げた。

XVI

会社にはとても遅く到着した。出勤簿はとうに片付けられていた。おれは総務部に行き、総務のやつに言った。

「いつまで、こんな学校の生徒みたいにおれたちを扱うのですかね」

「店長に聞いて下さいよ」と彼は言った。

「店長とは話すことないよ」

「そんなら」

「そんならって、なんだ」とおれは怒って訊いた。

「何もないですよ」

「ああ、そうですか」とおれは言った。

ちょっと反省した。おれだって悪いと思っているさ、ダビ兄ちゃ、おれは考えた。

『すべて、ロビネのせいだ』。サンチェスと目が合った。おれの振る舞いを驚いて見ていた。彼のところに行き、言った。

「エンリケ〔サンチェスのファーストネーム〕、何か用か」

「いや、何も。何故だ」

「おれのことじっと見ているから、何か用があると思ったのさ」

「用はまったくないよ。ありがとう」

その時、首の腫れ物の中の血が脈打っているのに気付き、頭はかっかっと燃えていた。おれは言った。

「おれ、帰るよ。今日は働きたくないよ」

声の調子が上ずっていたに違いない。みんな驚いて顔を上げ、おれを見た。サンチェスは気を遣って寄ってきた。

「さあさあ、ばかなことやめて」と言った。

「ばかなことじゃない、エンリケ。今日おれ、働きたくないのだ」

監督がおれの方にやって来て、おれと擦れ違った。監督は呼び止めようとはしなかった。おれは言った。

「さよなら」

誓って言うけど、ダビ兄ちゃ、こんなことになるなんて考えもしてなかった。ただね、はずみで出てしまったのだ。外に出ると考えた。『毎朝、洗面所の目詰まりを取り除く必要がなくて、店長が出勤簿を止めてくれればもっと仕合せなんだがな』。そして、すぐにロビネのことを考えて独り言を言った。『パパか、ママか、ダビ兄ちゃがいたら、ロビネの謎を解いてくれたかもしれないけど、誰もいない。困ったな』

とあるカフェにおれは入り、ワインを飲んだ。それからあの髪を撫で付けたボーイのいる酒場近くの通りをぶらぶら歩いた。それからまた中心街に戻って、別の酒場でもう一杯ワインを飲んだ。するとその後、罪悪感に襲われ、自分が見捨てられたように感じ始めた。頭の中は熱が充満し、いろんな想念でいっぱいになった。これらのすべてがおれを苛々させ、お腹の中に一種の脱力感が生じていた。おかしいんだな、ダビ兄ちゃ、おれはいつも感情をお腹で訴えるのだ。思うに、これ、おれの弱点さ。つまり便秘のことだ。それは兎に角、自分で行こうと思ったわけでないのに、おれはいつのまにか銀行の中に入ってしまっていた。皆の顔に何か面白いことが起こるのではという、ぼんやりとした期待感があるのに気付いた。しかしおれは真直ぐ監督室に行った。そして監督にアウリタのことやガングリオンのこと、熱があること、もうすぐ子供が生まれること、これらすべてが原因で興奮していたことを彼に話し、首に手を当ててみてくれと言って、彼の手を掴んでおれの首に触らせた。彼は言った。『はい、はい、その通り、腫れていますね』。そして少し当惑して言った。『微熱があるでしょうね』。おれは言った。『ええ、きっと微熱以上ですよ。監督さん』。そしておれはこの十年間、遅刻はたった三回だけで、皆勤していると説明した。彼は段々と態度を和らげて、最後に言った。

「わかりました。ルノアールさん、今日のところはいいですから行って下さい。でも繰り返さないようにして下さい」

おれはありがとうございますと言って、監督室を出た。サンチェスはおれに言った。『どうしたんだい、ルノアール』。おれは『どうっていうことないよ』。サンチェスは一種の同情でおれを観察して言った、『元気になったな』と。

XVII

医者が赤ん坊の心音が聞こえると言った時、おれは自分の血液の中に不滅の鼓動を感じた。それは迫りくる父性の感情だったに違いない。それからアウリタに赤ちゃんがお腹の中で蹴っているかどうか訊いたが、アウリタは否定した。医者はまだ妊娠期間の半分にも達していないと言った。アウリタは医者に双子かどうかと尋ねた。医者はご質問の根拠は？　と言った。アウリタは顔を赤らめて、両肩をすくめた。ひょっとしてロビネとおれがひとつのお腹の中にいっしょに閉じ込められていたのかも知れないと考えると、急におかしくなった。少したつと、不思議な汗ばみに気付いた。おれは真剣になり、考えた。『そうだ、おれがかつてロビネを見たのは、お腹の中のように狭く取り囲まれた場所だった』。それは新たな感覚だったが、ダビ兄ちゃ、それは確信となっておれに取り憑いた。医者はアウリタにビタミン剤を処方し、カルシウムの注射を打ってくれた。

サンチェスにそのことを話すと、彼はおれに注意した。『出産の前にはやっちゃいけないよ。お腹の中でよりも、お腹の外で大きくなった方がいいんじゃないの』。おれは本当のところ、彼の物の見方に納得して、家に着くとアウリタにそう話した。アウリタはおれに尋ねた、『サンチェスってお医者さまなの?』『お前知っての通り、医者じゃないよ』とおれは言った。『自分に関係ないことに口出しするなんて、お節介焼きなのね。そうじゃなくて?』おれの神経が苛立ち始めたが、おれはじっと堪えた。そして彼女に、自分で決めろよと言った。彼女は、その人の気まぐれには乗らないわ。お医者様の言うとおりにすると応えた。おれはますます苛立った。

おれたちは気まずい思いをして過ごしていた、ダビ兄ちゃ。おれには、原因がアウリタでもなくおれ自身でもなく、ひたすらロビネにあることが分かっていた。この強迫観念はおれを非難されるべき極致に運んで行った。とうとうおれは、ロビネとおれは前世で会ったことがあるが、それがどんな形でか、どんなにしてか、どこの場所かは分からなかった。しかしよく考えてみると、これは馬鹿げたことだ。おれはキリスト教徒だから、ダビ兄ちゃ、輪廻《りんね》とか転生《てんせい》〔仏教の考え方〕などという妄言は信じてない。ただ、失意のどん底にいたんで、そういうこともちらっと脳裏をかすめただけで、心底そんなこと信じてはいなかった。ただ、おれ自身の頭脳の均衡を疑うようになった。時々、こめかみが激しく動悸を打ち、枕の中で脈が鞭のように響いているのだ。それで怖くなって、何か手で摑めるしっかりしたものはないかと起き上がるのだ。しかしもっと悪いのは、この障害が進行性のものだったことだ。最早おれはロビネのことをそのまま放置できなくなっていた。もしその時ロビネのことを忘れられれば、誓ってもいい、おれは永遠に忘れてしまったに違いない。でも酔っ払いにワインが必要なように、ロビネはおれにとって必要なものになっていた。

二、三杯のワインを飲んでそれで元気を取り戻し、良い刺激を受け、気分を愉快にする分には、ワインが欲しくなったってそれはいいのだ。止めようと思った時に止められるからだ。しかしやがてそれは悪い習慣となり、しっかりと取り付き、病気になってしまう。そうなると、それはもう飲みたいという段階を通り越して必需品になる。それを止めようと思っても止められなくなる。なぜならワインに溺れ、抵抗できない力に引っぱられてしまうからだ。そうなると、自分の意志より強いその牽引力を感じないためには、お金を使わないといけなくなってくる。つまりこれらの牽引力を感じた時には手遅れで、救いようのない身の破滅なのだ。そのようにして、まるで酔っ払いがワインのあとに付いて行くように、おれはロビネのあとを追って行った。しばしばおれの脳は考え過ぎて水頭症になってしまうのではないかと思った。おれは考え続けていた。それでもなにも解決しなかった。ひたすら、物心ついてからあの酒場でロビネにばったり出会った日までの生涯をこまごまと考えていた。

おれの病状はとても悪かった。体温は時々三十八度にも達した。夜は目蓋《まぶた》に不快な重みのようなものを感じた。目はきりきりと痛んだ。たぶん熱のせいだ。ダビ兄ちゃ、おれには、それはアウリタの無理解のせいだという気がしていた。

ある夜、赤ちゃん服の飾りにするリボンを買ってくるようにアウリタに頼まれていたものを、翌日すっかり忘れてしまった。おれは機先を制して彼女を宥めすかそうと努めた。

「ごめんよ」。おれは言った、「すっかり忘れていた」

「役立たず、そうじゃないの」。泣き声でおれに言った。

「よしよし、アウリタ、たったそれだけのことでそんなこと言わないでくれよ。明日買ってきてあげるから。それでいいじゃないか?」

「あ、そう。ほんとに?」彼女は更に言った。「たった一つの喜びを奥さんに与えることよりも、一日中遊び歩いてる方が得だと思ってらっしゃい」

おれは宥めるように言った。

「落ち着いてくれよ。アウリタ、お願いだ。このところ、この家は地獄だな」

彼女は怒って言った。

「じゃ、ここの地獄の悪魔って誰のことよ?」

ガングリオンのせいだった。ダビ兄ちゃ、きりきりした痛みは折悪しく強くなった。ガングリオンの存在はおれを苛立たせた。とりわけ、医者が最良の治療法として安静を言い渡してあったことがおれを苛々させた。指と指の間に挟んだグラスの全重量がおれを奮い立たせた。手を一杯に広げた。手の平に疼きのようなものが走るのを感じた。そしてそれを正面の壁に向かって激しく、このやろうとばかりに投げつけた。おれの仕草とガラスが割れる音に驚いて、アウリタは身をすくませた。しかしそれは束の間のことであった。おれは自分の仕出かしたことに後悔した。仕出かしたことを取り消すことができれば、喜んで取り消したかった。おれの権威がすーっと遠くに持ち去られてしまったように思われたからだ。おれはむず痒い恐怖のようなものに襲われた。そして『乱暴者、乱暴者、乱暴者』とアウリタが機械のように繰り返し言いながら廊下を走って行くのを見ると、おれは腹が立った。

だけど、とどのつまりはこうだ、ダビ兄ちゃ。もしおれがその時壁に向かって、もう一個別のグラスと、水差しと、スープ皿を投げつけたら、たぶん、家庭において確固たる権威の原則が確立されるはずだった。しかし実際は、この原則を確立しようという試みの瞬間に至った時、おれはある種の後悔が走るのを経験するのだ。独り言を言う。アウリタに理があると。そしておれのような子供と生活するのは煉獄の苦しみだろうなと。そして果てはわが家の調和に間違った膏薬を貼り、地べたに身を投げ出して降参するのである。このようにして獲得しようとしていた陣地を失い、わが権威は弱まるばかりであった。

こうしておれはアウリタを宥め、二人して花嫁のネグリジェに敬意を払うことになった。もっとも、今回は全面的に降参したのでもなく、誠実に赦しを請うたのでもない。おれの中には反抗精神が生き続けていた。あれはすべて緊張、喚き、散らかしに対する、単なる本能的な嫌悪によるものなのだ。

この支離滅裂な振る舞いには自分でも驚きを禁じえなかった。そして本心で独り言を言った。

『自分を欺くなよ。これは狂気への過程だぞ』。おれはぞっとするような恐怖に襲われた。なぜなら、ダビ兄ちゃ、理性を奪われた人ほどおれにとって怖いものはこの世にはないと思うのだ。おれは肉体的感覚として理性がおれから出たり入ったりしていて、最近は入っている時より出て行っている間隔が長いと思うのだ。そこでおれは自分に問うてみる、『それはロビネのせいか』と。すると答える。『ロビネには痙攣《けいれん》止めの煎じ薬でもやってくれ』と。しかし煎じ薬をやろうがやるまいがちっともおれは構わないが、おれの望むことは実に彼を発見することのみであった。

XVIII

ある朝、アイデアが浮かんでフランス領事館へ行き、金髪の若者に領事はと尋ねた。領事には待たされたが、応接間のソファにもたれかかって結構楽しかったので、たいしたことではなかった。領事は強度の近眼鏡を掛けていて額がとてつもなく広く、話し言葉の語尾が柔らかく、それが快い調べとなって響いた。ロビネのことを尋ねるとベルを鳴らし、職員がやってきて、指示を受けると出て行き、一冊の本を持って戻って来た。そしてロビネの年齢、スペイン入国年月日、職業、フランスにおける古い住所を聞かれたが、おれはすべて『知りません、知りません』と答えた。領事はその後で言った。『その人物は当領事館には登録されていませんね』

おれは大きな失望感を味わった。午後は会社に行って給料をもらい、髪を撫で付けたボーイのいる酒場に行った。そしてやつの甘酸っぱい微笑を前にすると、おれは自分がつまらない人間のように思えた。しかしおれは問い質す決心を固めていたので、通りかかりにふと寄ったように言った。

「その後、ロビネは?」

「いませんよ。行ってしまいましたよ」

「どこへ?」

「そうですね。あなたの手の及ぶところにはいないですね。そんなことですか? あなたの御用の向きは」

「故郷の国に帰ったのかね」

「その通りですね」と彼は言った。

そこを出た時、ダビ兄ちゃ、新しい感情がおれの体の中で踊った。ロビネは遠くに行ってしまったが、実際はロビネに近付いていることを直感した。家に着き、お気に入りの肘掛け椅子に腰を下ろすと驚くべき現象が起こった。その時、父がポーの風景を写生したものを見たのだ。額《がく》の中に何か尋常でないもの、活き活きとして、どことなく打ち解けたものがあるのに気付いた。おれは少しの間一心に考え込んだ。誰かが耳に囁いたかのように、そこはかつてロビネがいたところであり、そこにロビネとおれの過去の接点を『見た』のだ。そしてロビネとその絵は突然一つになって、切り離せないものになっているのが分かった。ちょうど現時点でこのページの文章を見るように、はっきりとそれが分かったのだよ、ダビ兄ちゃ。おれの脳は高熱の譫妄《せんもう》の状態になっていた。そして絵が自ずから語りかけてくれる、ぎりぎりのところまで行ってみたいと思った。それはまさしく、突如としてクロスワードパズルの最後のワードの文字を探し当てたような感じだった。

きっとおれは顔色か、それとも何か尋常なものを失っていたに違いない。というのは、アウリタは驚いて立ち上がるとおれの方にやってきて、おれの傍に跪くと叫んだ。『あなた、お願いだわ。そんな風にヤブ睨みで見ないで。そんなヤブ睨みで、いやだわ。びっくりするじゃないのよ』。おれは本当のところ、ヤブ睨みで見てるなんて思いもしなかった。おれにとって、それはひとつの天啓だった。そしておれが実際に感じていたのは、まるで雲か霞《かすみ》か分からないが、そんな中に浮かんで運ばれて行ってるような感覚だった。しかしそんな半覚醒の中、おれは絵とロビネが切っても切れない関係にあり、その中でロビネの正体を突き止め続けていた。

XIX

あの一件以来、なんとやり切れない日々を過ごしたか分からないよ、ダビ兄ちゃ。おれはすっかりロビネという固定観念に取り憑かれた男となってしまった。例の軟らかく特長のない顔は絶えずおれの目の前にあった。アウリタは書斎に掛けてあったポーの風景画を、あの描線がおれの妄想を掻きたてているからという理由で取り払ってしまった。日中に熱が上がり、ワインか不眠による痺れのようなものを頭の中で感じていた。会社のおれのいる席で、何も手に付かない時間が過ぎて行った。サンチェスがおれを励まして助けてくれたのはせめてもの幸いだった。これでおれの無気力が他人に気取られることが少しは防げた。

ある日の午後、スツールに腰かけていた時、眩暈《めまい》を感じて後ろに倒れた。暖房機に頭をぶつけて、もう少しで頭が切れるところだった。サンチェスがおれを助け上げて言った。『しっかりしろよ。ルノアール、お前バカになったのか』。おれは答えなかった。しかし多少ともバカのようだったよ、ダビ兄ちゃ。午後会社を出て、もう家に近くまできたところで、太った男が走って行くのを見た。おれは男の後ろについて走って行った。そして叫んだ。『ロビネ、こら！ ロビネ、待て！』

そして追いついて見ると、ロビネではなかった。ロビネとは似ても似付かぬ人だった。顔はおれの顔のように白かった。男は思いっきり大声でおれに言った。『おれのかみさんが死にそうだ。出血してるんだ』。おれは男といっしょに医者を探しに行った。何故かといえば、ダビ兄ちゃ、その男の災難を他人事とは思えなかったからだ。そしてその後医者といっしょに男の家に行った。医者は言った。『前置胎盤〔出産に悪影響のある位置に胎盤が定着する妊娠〕です』と。そして妊婦を救急車で病院に運んだ。おれは一人になった時考えた。おれの周囲はみんな、ムカツキと苦痛だらけだ。そしておれはあるバーに入った。ワインを一杯注文し、もう一杯注文した。ふともうすぐ生まれようとしているわが子のことを思い出した。そしてカウンターに凭《もた》れて泣いて言った。『おれは不幸な子供を持つことになる』

人々がおれを嘲り笑っていた。真面目に話していて、心のうちは張り裂けんばかりなのに。おれのこと誰も気に留めてくれなかった。それからパパのことを考えた。ダビ兄ちゃ、そしておれは父親と生まれてくる息子という二人の人間に対して罪深さを感じていた。おれは、おれが触れるものすべてを傷つけ、不幸にしてしまう根源ではないのかという考えにとらわれはじめていた。

翌朝医者が家にやってきて言った。『ちゃんと床に就いていないといけませんね。こんなことじゃ、悪くなりますよ』と。そしておれに厳格な食餌療法を指示して、もし腫れ物が自分の方から自然と縮まらないなら、腫れ物の中の液体を変換液と交換しなくちゃならないと言った。『何、何だって？』おれは医者に言った。『初めに針を刺して吸い取り、その次に、針を刺して注入します』。おれは黙ったままだった。医者はまた言った。『二週間は起き上らないように』と。

それは辛い二週間だったよ、ダビ兄ちゃ。太陽が照っている間、街路の活動がおれのところまで聞こえてくる間は眠るのに苦労はなかった。静かに、爽やかに眠った。しかし夜になると眠れなくなった。オープンバルコニーの前に建築中の家が気になって、家の色がくすんだ黒から灰色、スミレ色、橙《だいだい》色へと少しずつゆっくりと移行していった。ある午後、見舞いに来てくれたサンチェスにおれは言った。

「今にあの家、黒くなるぞ。黒から灰色、それからスミレ色になって、最後は橙色になるのだ。その時、おれはようやく眠ることができるのさ」

サンチェスは少し距離を置いたような憐れみの眼でおれを見た。

「ルノアール、その家はいつも橙色だ」と言った。「いつも橙色だと思ってな。もし色が変わったとしたら、それは太陽の光のせいだ」と。

少しの間考えた。それから彼に言った。

「おれが狂ってると、きみは考えてるな。そうだろう、エンリケ？」

「まさか」と彼が言った、「たとえおれがどう思おうと、そんなの問題ないじゃないか」。そしておれの背中を、友情を篭《こ》めてぽんぽんと叩いた。

夜眠ると、ロビネの夢が息子とガングリオンの悪夢と重なった。首の腫れ物と同じ小さな腫れ物が体中に出来、体中いっぱいに広がったあと、ひとつ、またひとつと風船のように破裂し始めた。破裂した風船のひとつひとつから、ちっちゃい男の子が足をばたばたさせて出てきた。その時、アウリタにはそれと同じような腫れ物の先に小さな乳首が出てきて、子供たちはベッド中を這い回り、次いで、アウリタの腫れ物乳房から乳を吸い始めた。アウリタは段々痩せていき、それを補うために、医者は大急ぎで変換液を注射せねばならなかった。子供たちはまるで、母猫にしっかりとしがみついて、がつがつとオッパイを吸う子猫たちのようだった。悪寒と嫌悪を催す光景だった。おれはどれかを踏みつけはしないかと、細心の注意を払って歩かねばならなかった。汗をぐっしょり掻き、胸に重苦しさを感じて目が覚めた。ある朝、おれは保険医に言った。

「家内は妊娠しています。双子だと思いませんか」

「なぜ双子なんですか?」

「双子って、時々あるんでしょう?」

彼はおれの言うことを無視した。おれのガングリオンに触れると言った。

「これはよくなりますよ。起き上がっても大丈夫です。でも仕事は駄目ですね。機会があったら、転地をされると良いのではないでしょうか」

XX

おれは、ダビ兄ちゃ、起き上がりたいと思った。そして二階の納戸にしまってあるパパとママのこざこざしたものを、洗いざらい調べてみたかった。納戸は立派な作りで、納戸だけで七ペセタ半の家賃を払っている。おれに暇はないし、十五年間病気にも罹らなかったので、パパとママのこざこざしたものとか思い出の品とかに興味を持って細かくチェックしたことは今までなかった。おれ、パパの絵とかスケッチ、ママのつけていた家計簿とかメモ帳などを手にとって見た時は、正直言って、指が震えたよ。ある絵をひっくり返した時おれは卒倒しそうになって、古いバスケットに座っちまったよ。そこにロビネがいたのさ。そうだ。彼だった。ダビ兄ちゃ、虚ろな眼、だらっと垂れた下唇、突き出た両耳、紛れもなくロビネだった。おれは興奮のため五分間というもの、木の葉のように震える手を見詰めていた。その後、慌てて貪るように、そこにあったすべての絵を、何か目新しい証拠はないかと片っ端からひっくり返し始めた。しかし他には何もなく、興奮だけが大きくなり、埃にまみれ、頭が混乱するばかりだった。ぜんぶ見終わると件《くだん》の肖像画のところに戻り、そっとハンカチで埃を払った。ポーにて、何年何月何日とあり、パパの署名があった。その額を見た時、おれはとうとうロビネを捕まえることができたぞというように微笑んでいた。絵の中のロビネも、濡れたような瞳で傲慢におれを見ていた。そしておれはまた考えた。パパはおれにロビネの輪郭と感覚を伝えているのだと。なぜならおれはポーについては、荒涼とした庭と、大きな木の梢でちょろちょろと走り回るリスしか憶えていない。

おれは肖像画を脇に抱え、階下に降りるとアウリタに言った。

「上でロビネの肖像画を見付けたぞ」

ロビネの肖像画発見の知らせにアウリタがびっくりし、神経に何やら迷信の惧《おそ》れのようなものが走るのが分かった。

「見てごらん」。おれは彼女に絵を見せながら言った。「これ、とても珍しいだろう」

ロビネのことで彼女が興味を持ったのを見たのは初めてだった。なんども絵を近づけたり遠ざけたりして呟いた。『その人わたし会ったことないわ。ぜったい、その人見たことないわ』。数分のうちに、おれはある決心をしていた。そして彼女に言った。『いっしょに一週間フランスに行ってこよう。医者は転地をすると体に良いと言っていた』。『何ですって？』とアウリタが興奮して言った。おれは髪を撫で付けたボーイの言葉を思い出して言った。『ロビネはそこにいるぞ』。アウリタはますます興奮して、『渡航書類を整えてる間、わたしたち、フランス語勉強しないといけないわ』。おれは言った。『フランス語が分かれば、十分身を守ることが出来るぞ』

XXI

そうして、ダビ兄ちゃ、アウリタとおれは豆鉄砲くらった二羽のハトのように周りをフランス人たちに囲まれていた。早くも汽車の中、おれはジュ・ヌ・コンプラン・パ、ムシュかジュ・ヌ・コンプラン・パ、マダム〔わたし、わかりません〕以外は言えなかった。国境を越えるとすぐ、おれは考えた。『これはわらの中から一本の針を探すようなことになりそうだぞ』と。アウリタは自分では気付いていなかったが、そんなこと一向に構わない、わたし楽しむわという観光旅行の気構えが見られた。そして時々おれに言った。『私たち観光に来たのよね』。おれは『もちろんだとも』と答えた。アウリタに苦い思いをさせたくなかったので、会社から給料二か月分を前借してきたことは伏せておいた。

同じコンパートメントの客たちと話し始めた時、おれは外国語というものは音楽に合わせて歌を唄うようなものだということに気付いた。ダビ兄ちゃ、おれの場合のように、歌詞が分かっても、音楽が分からなくちゃ役に立たないのだ。それに引き換え、アウリタは歌詞はおれほど分からないけど音階とリズムに合わせられるから、頭の中で言葉を上手い具合に理解して、おれよりうまく立ち回れるのだ。たとえばおれ、『メ・オン・ニー・プー・リヤン』〔わかりません〕と言われたとしても、それは何か『犬』に関したことを喋っているのか『家』のことをしゃべっているのか、はっきり分からないのだ。

こんなことはあったが、それも汽車の窓からアンリ四世〔ブルボン朝初代フランス王（在位一五八九－一六一〇）、ナバラ国王（一五七二－一六一〇）。人気の高い王の一人〕の古城や鬱蒼とした庭が見えた時、おれの記憶の中にあるリスを見つけ出す妨げにはならなかった。リスを見つけた時、何やら急に幼年時代のノスタルジーがはじけ、おれの中で動き回るのだった。同時に、ポーは想像していたように、そこに住んでいる人々に見捨てられたような、どんよりと静かな雰囲気に包まれた灰色の町であることを確かめた。

おれはペンションの住所を持参していた。前以てカンディダ叔母さんに手紙を書き、叔母さんにはポーの町のおれたちの昔の家の住所といっしょに、ペンションの住所を教えてもらってあった。だからピレネー大通りを上がって行くと、ダビ兄ちゃ、おれは前以って知ってる目的地へ向かっているのだという安心感を抱くことができた。アウリタとおれは誰にも煩わされず、あちこち見渡しながらゆっくりと歩いた。十字路にくると、おれたちは立ち止まって標識を解読した。コルドゥリエル通りの角にきた時、小柄の老人にデュプラー通りはどこかと尋ねた。すると老人は『トゥー・ドロア・ジュスカ・サン・ジャック。ユンヌフォア・ラ、ランセニェ・ヴ』と言った。

おれはアウリタの腕を押えて言った。『おれ、わからなかったよ』。彼女は途端に笑い出して言った。『ここ、真直ぐ行って、サン・ハコボ寺院まで行ったら、そこでまた聞きましょう』
アウリタはいつも見せる困惑を見せていなかった。おれの方はロビネに接近しているという予感がして、元気が湧いてくるような気がして落ち着いた。見知らぬ町にいるというのに、おれとあいつの距離は縮まっていた。そして我が家の平和を脅かしていた残りの黒雲が消え失せてしまっていたのかもしれない。
アルベール一世〔モナコ大公、在位一八八九―一九二二〕広場には小さな庭園と木製のベンチがあって、ベンチでは恋人たちが激しくキスし合っていた。まるで寒いので暖め合うように、ひしと抱き合っている。いくつかある庭園の真ん中には、かつてアルベール一世の像が建っていたのだが、今アルベール一世像はない。ドイツ人たちが彫像を持って行ってしまい、鎔《と》かしてしまったのだ。その台座にはアルベール一世の銘板があるだけで寂れている。まるで趣味の悪い冗談で、アルベール一世は無名の人、取るに足りない人物に過ぎなかったとでも言いたいようである。しかしこの考えは周りにいる恋人たちの熱を冷ますものではなかった。恋に熱中する彼らを見て、おれは自問した。ダビ兄ちゃ、この二年間にフランスの人口が減少しているなんて、そんなこと信じられないなと。
このようにして、おれたちはペンションに到着した。とてつもなく大きな門があり、外灯はなく、奥の方にガレージつきの雑然とした中庭があった。おれはあそこに、黄色く慎み深いライトを照らして街を走るフランスの高級車、シトロエン、ルノー、プジョーなどが格納されているのではないかと想像した。左手に暗い階段があって、それを上りながら、アウリタはおれの腕にしがみついて言った。『わたし、怖いわ』。おれは笑うともなく笑って言った。『なんて、おばかさん』。しかし本当のことをいうと、奥のところではおれも内心は少し怖いのだ。いつ暗がりからいきなりロビネが現れるやしないかと目を凝らしていた。ベルを鳴らすと明かりが点き、身だしなみのきちんとした綺麗な老女がドアのところから覗き、アウリタとおれは打ち合わせてあったように声を揃えて言った。

「ボンヌニュイ・マダム」〔こんばんは〕

老女は言った。

「オー、ボンヌニュイ、イリア・ア・ナスンスール」〔エレベーターがありますよ〕

おれたちは中に進み、アウリタはヤナギ製の椅子に座った。老女はぼんやりと優しくアウリタを眺め、おれは表現の不自由と闘っている妻を見て健気な思いがした。しかし老女はおれたちが言いたがっていることを理解した。おれは老女の、あなた方はスペイン人かと言ってることを理解でき、元気が出てきた。

身綺麗な老女はおれたちに部屋を見せてくれた。道路に向かってバルコニーが二つあり、鉄製の大きなベッド、箪笥、布張りの肘掛け椅子二つ、火の気のないストーブと、色の褪せた広い屏風に囲まれた洗面所があった。二つのバルコニー越しに、恋人たちがアルベール一世の幽霊の下で愛撫し合っているのが窺えた。おれはじっと彼らを眺めていたが、ふと老女はおれの注意を促し、おれたちは老女について廊下へ出た。そしてあるドアを開けると言った。

「ヴォアシ・ラ・サル・ド・バン」

おれはアウリタに小声で尋ねた。「何と言ったの」。アウリタは『浴室よ』と言った。中に入ると、浴槽が厚手の綿布で覆われていることに目を見張った。そして体重のある前の泊り客が座って壊したかのように、便座の前の方が割れているのを見て不快な気持ちになった。身綺麗な老女はおれに向かうと言った。

「ソレ・ヴ・ルトゥルヴェ・ヴォトル・シャンブル?」〔お部屋おわかりになりますか〕

おれはすっかり困ってしまった。さっぱり分からなかった。だから言った。

「ジュ・ヌ・コンプラン・パ、マダム」〔分かりません〕

しかしアウリタは急いで言った。

「ウィ・ウィ、マダム」〔いえ、分かりますよ〕

老女が去り、おれたちは二人きりになった。そしてアウリタは浴槽を見て言った。

『この家怖いわ』。その時、側面の綿布を跳ね上げて、中から金属性の物音がして何かが出てきた。

アウリタはけたたましい叫び声を上げ、震えながらおれの腕の中に飛び込んできた。おれは男の踏ん張りどころと、じっと恐怖を堪《こら》えた。厚手の綿布の間から猫が頭を出して、やっとおれの恐怖が鎮まり、内臓がどこにあるか確認できた。それでおれは震え声で言った。

「バーカ、ただの猫じゃないか」

アウリタはけたたましく笑い出し、涙を拭いた。おれは、こんな恐怖はお腹の赤ん坊にはよろしくないなと思った。

部屋の中で体を拭い、クローゼットの中でスーツケースの衣類を整理した後、アウリタはおれに、お芝居に行きたいと言った。老女に、どこか面白いショーをやってるところがないかと訊いた。老女は、パレ・ディヴェールで、とても機知に富んだ面白い喜劇俳優の一座がやっていると教えてくれた。パレ・ディヴェールにはどう行けばいいのかと尋ねた。またまた、ダビ兄ちゃ、おれたちは街の中を標識を辿りながら巡り歩いた。新しい標識を見る度に胸を押さえつけられるような感覚が走った。もしかしてセルヴィエ通りではないかと。その通りこそ、この旅行の目的地であったのだ。

パレ・ディヴェール劇場の階段を上りながら、アウリタはおれの耳に囁いた。『すごく、豪華だわ』と。その近くにいた少年がおれたちに近付き、スペイン語で訊いた。『おじさんの自動車見張っときましょうか』と〔見張り賃としてお駄賃を請求される〕。おれは両脇を見た。ダビ兄ちゃ、そして少年に言った、『自動車だって?』『ちぇっ』と少年が言って、不快そうに立ち去った。建物の中に入ると、ロビネと初めて会った時と同じことがおれに起こった。つまり豪華で光り輝いているが、おれにはそれがまったく初めてではなく、おれの前世のおぼろげな記憶に対応しているように思えたのだ。そしておれはホールのテーブルセットやぴかぴかのダンスフロア、果てはショーの部屋などを、久し振りに旧知の人に会い、旧交を温めるような友情溢れる寛大さで見ていたのだ。

出し物の中で、探検家の服装をした男とビキニを着た魅力的な若い娘が登場した。見たところ、左手にキャンプ用の簡素なテントがあった。観客は二人の役者の会話につれて大笑いしたが、おれは分からなかった。ダビ兄ちゃ、ボックス席を眺め回し、おれにはバカバカしく無意味に映った。大笑いの理由を探ろうとした。ビキニを着けた若い女優がことさらわけの分からない早口言葉でしゃべっていた。ショーが進行するにつれて頭の中はすっぽり煙に満たされたようになり、今にも破裂しそうになった。そして周りの大笑いはまるで、おれの存在自体が笑いを誘発しているように思えて悔しくなった。ダビ兄ちゃ、おれはバカらしいという感情を、あんなに鮮明に苦しく感じたことは今までになかった。横目でアウリタを見た。そして考えた。彼女もぽかんとしてるなと。そしておれはかっかっと血がたぎるのを感じた。『行こうか』。彼女はそれ以上おれがしつこく言うまでもなく立ち上がった。ダビ兄ちゃ、おれは推測したな。彼女も、あの探検家とビキニのきれいな娘の会話に惹かれているわけではなかったのだと。

ホールではオーケストラが音楽を演奏していた。ホールにはほんの数組の男女が踊っているだけだった。おれはルーレットに近付くとアウリタに言った。『ちょっと運試しだよ』。アウリタは言った。『あなた、いいかげんにしてよね』。しかしおれはパパが夢中になった遊戯の感動を経験したかった。そしてテーブルに近付いた。八の偶数に掛けたが、奇数が出た。また同じく八の偶数に掛け、奇数が出た。最後に冒険をして数フランを八の偶数に掛け、また奇数が出た。太った身なりのよい男が遊びのようにして、小さな熊手でおれの負けチップをあっという間にさらっていった。おれは不愉快だった。というのは、ダビ兄ちゃ、千フランもチップに変えてあり、それは生まれてくる息子のために必要だったかもしれない。そんな金をこんな風に無駄遣いしてしまうのは軽はずみなことだった。今度はアウリタに強い調子で言った。『もう、行こう』。驚いたことに、彼女はまた同意した。『行きましょう。わたし、眠くなったわ』

XXII

　アウリタは晩のうち気が沈んで、体調が悪かった。翌朝は午前中起き上がらなかった。おれは彼女のそばで「南西新聞《ル・シュドウェスト》」を読んで午前中を過ごした。食事を済ませると、おれは彼女に少し眠るように言い、その間セルヴィエ通りを覗いてくることにした。老女が『すぐ、この近くですよ』と言ってたんで。アウリタは自分の方から『わたし、もう怖くなったわ』と言った。おれは考えた。『ロビネに会える保証は何もないな』と。しかし心の底では、ロビネに関して何かが判るのではないかという確信があった。そして最終的には、ダビ兄ちゃ、おれは独り言を言った。この気分転換の旅行は、おれのガングリオンと妻の神経を鎮めるためにはよいことさ。すると二か月の給料前借はムダではなかったぞと。

　セルヴィエ通りはペンションのある通りとほぼ平行に走っていた。セルヴィエ通りを上って行くと、さすがに感情が高ぶってくるのが分かったよ。ダビ兄ちゃ、おれは昔のことを思い出そう、過去の感動を蘇らせようと努めたが、なかなかそれができないでいた。おれは独り言を言った。『これは何か思い出せそうだぞ、思い出せそうだぞ』。しかし何も思い出せなかった。ダビ兄ちゃ、本当のところ、もし、そう独り言を言っていたとすれば、それはおれの潜在意識を掻き立てるためであったが、うまくいかなかった。昔の我が家の番地に近付くに従って、おれの腸のアトニー〔弛緩症〕と膝の衰弱がますますひどくなった。とあるバーの前でおれは立ち止まり、まじまじとバーを眺めていた。考えた。『さて、このバーは』と。しかし何も当てはなく、ただおれの不安を募らせるばかりであった。バーに入るとコニャックを注文した。隅っこにおいてあるラジオはラ・セーヌを歌っていた。当時フランスじゅうでラ・セーヌを歌っていた。おれはラ・セーヌの歌を聴くのは好きなんだ、ダビ兄ちゃ。何故かといえば、旋律が柔らかく郷愁を誘い、人の心の奥深くまで染み込むからだ。

昔の家の玄関に入って行くと、心臓はいよいよ早くなって行ったよ、ダビ兄ちゃ。おれはダビ兄ちゃのこと、それからパパのこと、ママのことを考えていた。たしかあの家では一家は仕合せじゃなかったなと独り言を言っていた。玄関の真ん中でおれは立ち止まり、みじろぎもせず、まるで芸術作品を見るような思いに耽り分析した。ふと目の前に一人の婦人が現れた。不思議な刺激がおれの舌に起こり、おれは叫んだ。

「マダム・ルーヴォワ!」

ダビ兄ちゃ、誓って言うがね、マダム・ルーヴォワのことなんてついぞ考えたこともなかったし、生きていたのかどうかさえも知らなかった。でも彼女の名前が奇妙な親しみを以って、あたかも何か宿命のようにおれの口の中から噴出したのだ。彼女はびっくりして言った。

「キ・エトゥ・ヴ？」〔どなた様ですか？〕

おれは答えた。

「ルノアール！」

婦人はおれの方にやってきておれを抱擁した。そして急に言葉に詰まったように言った。

「アー、モン・プティ・ルノアール」〔おお、わたしのかわいいルノアール〕

おれたちは手を取り合った。ルーヴォワ夫人の真ん丸く飛び出た目が輝いた。そして言った。

「モン・フィス・ク・チュ・ア・グランディ」〔大きくなったね〕

労働をしたざらざらの手の感触が、遥か昔撫でてもらったことを蘇らせた。でもすぐに、あの手は今、細くやつれていることに気付いた。そして考えたよ。ダビ兄ちゃ、ルーヴォワ夫人にはマーシャルプラン〔第二次大戦後アメリカ合衆国が推進したヨーロッパ復興援助計画〕の資金は到着してないのだなと。

おれは夫人に言った。おれは二階に上って思い出したいと。彼女は『セ・ビアン、モ・ナンファン』〔ええ、結構よ、坊や〕と言ったが、抱擁の手を放しがたく、おれに言った。『ピエール・エテ・モール』〔ピエールは死んだわ〕。おれは彼女の言葉一つ一つを完全に理解していた、ダビ兄ちゃ。

そして夫人の肩をぱたぱたと慰めるように叩いた。彼女は溜息をつき、目は遥か遠くの昔に遡っていた。抱擁をほどくと、お別れのように『セ・テ・ラ・ゲール、モン・フィス』〔それが戦争なのよ〕とだけ言った。

ダビ兄ちゃ、あの階段を上りながらおれが感じたことを、そしてどんな風に奇妙な変貌が突然おれに起こったかを正確に伝えられるかどうか分からない。あの階段を上りながら、忘れていた観念と感覚の覚醒のようなものが起こった。そして二階のドアが開かれた時、ドアから苦しく、怒ったような調子はずれの声で『マダム・ルーヴォワ、ル・クーリエ』と言っているのが聞こえた。おれはフランス語は分からなかったが、それはトゥラス夫人の声で、ルーヴォワ夫人に郵便はないの？と請求しているのが分かった。この瞬間から壁、欄干、ドア、ドアのプレートなどが、おれにとって見知らぬものでも冷たいものでもなく、熱くて身近なものに変わっていった。そして、ダビ兄ちゃ、おれは独り言を言った。『主よ。まるで時がたっていないようです』。そして階段の軋みを聞いた時、おれの心臓は数秒間止まった。ダビ兄ちゃ、その音はまるで人間の感情の震えのように響いたからだ。おれはまた、その階段を祈るように踏んでみた。兄ちゃに確信を以っていうことができる。たった今おれの心の内を動転させたのは、この乾いた軋む音であり、そしておれは一挙に、二十五年前の幼い考え方と感覚でおぼつかなく階段を這い上がる男の子に変わってしまっていたのだと。

四階のドアの前にくると、おれはドアの向こうにママがいるのを感じた。そして反対側のドアの向こうにはムシュ・シフルーがおり、まるで昨日の午後会ったばかりのように、ムシュ・シフルーの目鼻立ち、身だしなみなどを正確に思い出すことができたよ、ダビ兄ちゃ。ママの思い出はとても鮮やかだったので、心の中で愛撫と優しさの熱気を感じた。そしておれの想像の中で、ハーブ湯の中に足を浸して風邪を引いたママではなく、若くて美しく凛々しいママを再現しようとしていた。もっとも、悲しみの影が瞳の輝きを覆ってはいたけど。これはすべて驚くべき奇跡のようだった。ダビ兄ちゃ、このすべてをおれの想像の中に引き留めようと努める必要はなく、次から次へと、どんな細かいことも細かいまま、ますます豊かな奔流となっておれの中に湧き起こってくるのだった。そして階段の一段一段がそれぞれ違った何かをおれに語りかけ、眠っていたおれの記憶の底を掻き回すのだった。壁の割れ目や踏み台の節目の前でうっとりと立ち止まると、割れ目や節目の周りに、おれの幼年時代の楽しかったこと、びっくりしたことの思い出のすべてがふつふつと湧き起こってくるのだった。

そんな時、おれは興奮していたのではない。誓ってもよい、ダビ兄ちゃ、すべてが始まったところに戻るような、穏やかな回帰の感覚なのだ。おれの心身の状態は、心配を抱えた病気持ちの現在ではなく、心身共健全に均衡していた四歳児のそれであった。思い出はたった今の出来事のように、ひたひたとおれの頭の中に押し寄せた。幼児のきょとんと驚いた目の前で順不同に、不明確さもそのままに、脈絡も根拠もなく起こるさまざまのことを当たり前のように受け入れていた。

おれは続けて上って行った、ダビ兄ちゃ。そしてとうとう階段の一番上の踊り場に辿り着いた。なんというか、そこで、おれはわが生涯の一大事件を予感した。この階段を上ってきて、初めておれの頭の中で現在の観念と幻覚が交じり合った。おれはロビネを思い出し、クロスワードパズルを思い出した。そして幼児の意識で繰り返した。『惜しい、もう少しだ、惜しい』。その時、おれはパパのアトリエのドアを見付けた。おれはまた完全に幼児に戻り、楽しみと遊びごとを思い出した。この踊り場はお気に入りの場所だった。爪先立って、鍵穴から覗いて、パパがアトリエでどんな格好して仕事してるかを見ていたことを思い出した。ドアに近付いた。ダビ兄ちゃ、大人の感覚ではなく、幼児の感覚で。そして身を屈めて鍵穴を覗いた時、そこにある現実ではなく、大きな天窓の前で絵筆を手にしているパパを見たのだ。壁に沿ってたくさんの額、下絵、石膏の小さな塑像、ペン描きの挿絵も何枚かあった。おれの心臓が高鳴った。ダビ兄ちゃ、これはおれが体験した事実の再現だということが分かった。急に天窓が暗くなり、ロビネの顔が覗いたからだ。家で見たあの絵そのままの光を失った目、厚ぼったいハート型の唇のロビネの顔が。パパは天窓から訪問者がやってくるのはごく当たり前のように、顔色一つ変えず『コア・ド・ボン?』〔やあ、どうだい?〕とだけ言った。ロビネは答えなかった。ロビネはパパをじっと不安そうに見ていた。ポケットから片手を出すと、銃声が轟いた。そしてパパは倒れた。煙の雲がおれの視界を覆い隠し、そのとたん、おれは叫び声を上げて泣いていた。一方、喉から発するさまざまな叫び声が階段を駆け上ってきたのに気付いた。叫び声のひとつはママのものだった。若いママだった、ダビ兄ちゃ。おれを抱き寄せ、泣きながら言った。目は錯乱していた。『わたしの天使ちゃん、こんなことになるなんて、あなたのせいじゃないわよ』

おれが鍵穴から覗くのを止めた時、腎臓に激しいちくちくとした痛みを感じた。

ダビ兄ちゃ、そしてママがいないのに気付いた。おれはおれでなくなり、おれ自身の泣き声はおれの内部で轟き、おれはその泣き声を聞いているはずなのに、目は一向に濡れてはいなかった。ダビ兄ちゃ、なぜならおれは子供ではなく、意識の戻った大人であり、階段を下り始めた時、膝に奇妙な脆さを感じた。おれは階段の一番高いところに腰を下ろした。そしてクロスワードパズルの解けなかった最後の文字が、試行錯誤の挙句やっと浮かんできた時に味わう開放感に浸っていた。

XXIII

ダビ兄ちゃ、ある一定期間意識下に埋もれていた昔の印象や景色が、壁のはがれ、匂い、言葉、視線とか歌などのおかげで表面に湧いて出てくるということが往々にしてあるものだな。そしてその勢いで、雪崩の下に隠されていたその他の出来事、いろいろな過去のエピソードが次々に思い出せるのだ。ダビ兄ちゃ、きっと、人はそんな大切な思い出を、思い出さないまま墓場まで持っていくのじゃないかね。一生の間に思い出を刺激し目覚めさせる歌、視線、言葉、匂いがなく、つまり、これという時に思い出を活気付けるバネがなかったために。それは思い出でなくなった思い出であり、思い出はこのような隠れた刺激のおかげで、ある時、ふと思い出として復活するものだ。

ダビ兄ちゃ、おれは帰り道、こんなことをペンションの門をくぐる時考えていた。あたりは薄暗くなり静かだったので、エレベーターに入り、手探りで三階のボタンを探した時、得体の知れない恐怖を感じた。そしてボタンのかわりに、おれの前にボタンを押していた他の人の手とぶつかり、ぞくっとした。おれは気のせいだったかなと思い、手を引っ込めた。二、三秒躊躇《ためら》った後、また気を取り直してボタンを探した。ところがあったのだ、そこに別の人の手が。ダビ兄ちゃ、妙に冷たく太い手だ。おれは恐怖に慄《おのの》いた手を、その手の上に置いたままこわばっていた。やっとエレベーター内部の電気が点き、振り返る必要もなかった。エレベーターの扉側の鏡を見た。そこにロビネが映っていた。おれの後ろで、旧知の仲間のようにおれに微笑んでいたのだ。

ダビ兄ちゃ、兄ちゃに誓う必要があるか。三階までの短い時間が、おれにはえらく長いものとなったのは本当だってことを。いつになったら着くのかと思ったね。ダビ兄ちゃ、エレベーターの中にあの男といっしょに閉じ込められるなんて、身が縮む思いだったよ。おかげでその後、一瞬素早く回転し殺人者の手首を摑み、柔術の四つの決め技を使って一瞬の中に敵を参らせてしまう映画の主人公のことを考えたね。こんなことを考えていると、気の滅入る劣等感にさいなまれる。というのも、ダビ兄ちゃ、現実はこうはうまくいかない。たいがいの場合、悪いやつの方が被害者よりも力が強く、腕がたち、柔術の使い手であり、うかうかしてると財布を取られた挙句、殺されることはなくとも、平手打ちを五、六発見舞われることになる。ごく普通のまともな人間が正直に働いて生活することを学ぶ間に、悪いやつは柔術の決め技を習得し、ダビ兄ちゃ、いざという時に必ずといっていいくらい、まともな人間が財布を取られ、笑いものにされるのだ。おれはエレベーターが昇る間、ダビ兄ちゃ、こんなことを考えていたのさ。

ロビネが両手をオーバーのポケットに突っ込んでいるのを見ると、腕力に訴えようという、わずかに残っていた望みも棄てざるを得なかった。そこでおれは待ったのだ、機会を。そして身綺麗な老女がドアを開けてくれた時、ロビネのいる側の目蓋を下げて危険を伝えた。しかし身綺麗な老女は〔ウインクと勘違いして〕ぷっと吹き出し、少し当惑して口の中で呟いた。『ああ、〔あんた、物好きなあの〕スペイン人なのね』。廊下を曲がる時、ロビネはやっと口を開けておれに言った。『あなたは目元がお父さんそっくりですね』。おれは、やつがおれの部屋についてくるような気配がしたので、やつに、家内が病気していますのでと言ったが、聞いてはくれなかった。部屋のドアをノックすると、アウリタが自分の手でドアを開け、おれに抱きついて、散歩したいと言った。ふとロビネに気付き、ロビネを見ながら困惑した。ロビネはおざなりの挨拶をした後、おれに言った。

「奥様のアイデアは結構ですね。ルノアール、わたしたちみんなで散歩しましょう」

おれは言った。

「ロビネさんだ」

アウリタは大きく口を開けたが、何も言わなかった。

三人でペンションを出た時、おれは自分に問うた。『こいつ、おれたちをどこまで連れて行くのかな』。ロビネは足早に歩いていた。おれは自分の運命がどうなるか皆目分からなかった。おれは街路にある看板を不安げに眺めた。生きたい、死にたくないという強い欲望を以て、頭の中でその看板にしがみついた。この男のそばにいるということは、刻々と身の破滅へ向かって歩いているという気がした。

クレマンソー広場に入ると『南西新聞《ル・シュドウェスト》!』と大声で触れ回っている新聞売り少年を見つけた。おれはロビネに断りなく少年を呼び止めた。ロビネが少年とおれとの間に割り込み言った。『どうしたんですか?』おれは言った。『新聞がほしいのさ』。少年はおれたちの話す言葉を理解できずに、おれたちを眺めていた。おれは少年の目を、頼む、分かってくれ、ここから立ち去らないでくれ、この男と二人だけにしないでくれという願いを込めて見詰めた。そしてそっと少年の足の先を踏んだ。しかし少年はおれの邪魔にならないようにとおれから離れた。その上、ごめんなさいと言った。おれはなおも少年のそばに寄って、大きな金額の紙幣を渡し、釣銭を探す機会を与え、時間を稼ごうと思った。しかし気の利かない少年は釣銭をちゃんと持っていたのだ。そしてそれをおれに渡すと、さっさと行ってしまった。三歩歩く毎に『南西新聞《ル・シュドウェスト》！』と叫びながら。

つぎの角でおれは立ち止まった。そしてロビネはポケットの膨らみをおれの腎臓に近づけた。おれは執拗に言った。『小便がしたい』。彼は言った。『も少し歩いて下さい。まだ目的地へは着いていません』。おれはさらにしつこく言った。『もう、これ以上我慢できないですよ』。彼は更に言った。『付いてきてください。もう少しです』。そしてポケットの膨らみが腎臓にくっつけられているように感じて、おれは歩き続けた。ダビ兄ちゃ、ひたすら歩き続けるだけだった。もし他の事をしようものなら、それは無鉄砲というものだった。

アウリタはその間ずっと危険にはまったく気付かず、おれのそばを歩いていた。

そしておれは彼女と生まれてくる赤ん坊が可哀そうになってきた。そして今にもロビネに泣きつこうと思った時、ダビ兄ちゃ、ロビネはある回転ドアの前で止まった。回転ドアからは『ラ・セーヌ』のメロディが洩れてきた。落下傘部隊の隊員たちが女たちといっしょになって出てきた。そしておれは独り言を言った、ダビ兄ちゃ。『そうだ、ここから中には入るまい』と。しかしおれの決意は脆くも潰えた。ロビネがおれを中の方に押しやって言ったからだ。『ルノアール、入って下さい。少し楽しみましょう』と。

　中に入ると、ほっとした心地よい感覚がおれを包んだ。レストランもビアホールもいっぱいの人、何もかも忘れた陽気な人たちであり、各々のテーブルに置いてあるランプシェードも、何もかも忘れたような陽気さだった。隅っこに広がるコリント皮革の長椅子も同じように陽気であった。スモーキングジャケットを着けたオーケストラのそばで、女性歌手が『ラ・セーヌ』を歌っていた。その女がめっぽう色気があってね、ダビ兄ちゃ。そりゃ、すごかったよ。ブロンドがかわいくて、体の線が測ったようにみごとなカーブを描いているんだ。信じられないような腰、丸くて弾力のあるヒップ。それがまた楽しそうに『ラ・セーヌ』を歌っているのだ。女を見ていると、おれはロビネがそこにいることを忘れてしまいそうだった。着ているビロードのシンプルな服もよかった。裾が足首のところまで長く、上の方は短かめで、バストは半分以上はみ出ていた。なだらかな肩を露わにしているが、あの均整のとれた肩なら出しても許せる。ダビ兄ちゃ、それに、ちきしょうめ、すべての男たちの情欲を目覚めさせ、全精力と全感覚を傾けて彼女を我が物にしたいと思わせる、カフェレストランの仕掛ける罠に男たちが嵌っていたのだ。

　おれはじっと女に見とれていた。すると、アウリタの警告におれは狼狽した。『何みとれてるの、あなた』。しかしおれが彼女の手を取ろうとした時、ロビネの脅迫的な声が聞こえた。『そこにお座り下さい、ルノアール。ここでなら静かにお話できますよ』。ボーイを呼ぶと、おれたちには何の相談もなく皆にビールを注文した。

XXIV

ロビネはソファにふんぞり返って言った。

「それはここで起こったので、ここで明らかにしなくちゃなりません。ルノアール、あなたとわたしがこうして会うようになった、唯一の理由です」

やつはおれをしっかりと見据えた。ダビ兄ちゃ、やつの視線は水っぽいワインのように力がなかった。だけど、おれは視線に抵抗できなかった。

咳払いをするとおもむろに言った。

「わたしがお父さんを殺したのです、ルノアール。このことが今晩、わたしがあなたにお話する一番重要なことです」

おれはやつの告白に口を噤《つぐ》んだ。そしてダビ兄ちゃ、アウリタはびくっとした。おれはアウリタが可哀そうになった。アウリタのお腹の中にいる、おれの子供が可哀そうになった。そしてこの思いが力となり、おれは言った。

「家内には席をはずしてもらってもいいですかね」

ロビネの返事は冷ややかで吠えるようだった。

「お二人でいっしょに聞いてもらいたいのです」と言った。

口振りに自惚れの様子が垣間みえた。ダビ兄ちゃ、おれはそれを、ロビネがパパを殺し、犯罪を完成させたことの自慢ではないかと推察した。おれは、みんな見て知ってるぞとは敢えて言わなかった。やつを怒らせるのではないかと思ったからだ。おれはやつの方に身を屈めると、やつの体じゅうの毛穴から汗が吹きだしているのが分かった。オーケストラとブロンド娘の振り絞った声は、おれにいくらかの自信を伝えてくれた。ロビネは言った。

「あなたはお考えになるでしょう、ルノアール。これは気まぐれによる犯行だと。しかし実は、綿密な計画に基づく犯行なのです。あなたのお父さんは死ななくちゃならなかったのです。わたしは一番最初にその死を悼んだ者です。何故かといえば、あなたのお父さんは稀に見る芸術家だったからです。起こったことはわたしのせいではありません。起こるべくして起こり、それをそのまま、受け入れなくてはなりません。ルノアール、死んだ人の初めての夜のことを真面目に考えたことがありますかね。ないでしょうね。怖いものですよ」

一呼吸置いた後、話し続けた。

「いいですか、ルノアール。あなたはもうこの世にいないのに、一日じゅう家の中、部屋の中のベッドに横たわっているのです。でも、自分のベッド、部屋、寝具も、あなたを取り巻く家族のことも見分けがつかないのです。みんなはあなたのことを悲しんで存分に泣きました。でも、あなたはそれを感じもしなかったのです。みんなは胸が張り裂けんばかりに叫び、『可哀そうにな、よい人だった』と口では言いながら、心の中では『役立たずのロクデナシだった。臭くなる前に、ここから外に出さなくちゃ』と考えているのです。そしてさっさと、あなたの埋葬許可書をお役所にもらいにいくのです。ルノアール、あなたを愛してくれた人たち、病気の間、献身的に看病してくれた人たちも、あなたが死ぬと手の平返したように、やれやれ解放された、早く休みたいと思い、口に出すのです。『しかたのないことです。結局それはそれでよかったのですよ』。そして大急ぎであんたに真新しい下着を着せ、まっさらのパンツを穿かせ、糊の利いたワイシャツを着せ、ひょっとして誰かがさもしく『おい、これ、作り直して子供に着せられないかね』と言い出すかもしれなかったが、ようやくよそ行きのスーツを着せ、最後には上着を着せ、ネクタイを結び、よそ行きの靴を履かせる。あなたはされるまま、関わりなしなのです。少しずつ、死刑の刑具を嵌められるようなものです。しかもそれを何も分からないのです。

それから延々とした葬儀。あなたは厄介者になっているのを知らないまま、厄介者になり始めているのです。大仰な準備も、あなたはこれっぽちも苦にならない。そして埋葬の時刻がやってくる。黒い霊柩車、そそくさとした四人の友人、貧弱な花輪。たったそれだけ。ルノアール、でも、あなたにとっては、それだけでも、これだけでもない。それは無であり、黒い大きな箱の中の孤独だからです。あなたは『そこは駄目です。お願い、そこにぼくを入れないで、ぼくを愛してくれた方々へお願い、その箱の蓋を閉めないで』と言うこともできないし、みんなはそれを理解もしてくれないのです。望もうと望むまいと、あなたは蓋をされ、肩に担がれて階段をおりるのです。あなたのコーヒー飲み友達は思う。『この罰当たりのやつ、なんて重いんだ、まるで鉛だよ』と。ただし思うだけで口には出さず、滅菌車の中にあんたを収めると一休みする。それから墓地に向かうのです。墓堀人たちには前以て連絡がいっているので、すっかり準備ができて待っている。そしてイチ、ニの、サンであんたを下ろし、墓石で蓋をし、隙間をセメントで塞ぐのです。みんなは悲しみの溜息をつく。しかしみんなは、こんな悲哀は梨ドロボウしか耐えられないなと考えながら、踵を返して行ってしまい、あなたは一人になる。

そこから儀式が始まるのです。やがて墓地は閉まり、夜の帳が下りる。あなたは四本の糸杉〔スペインの墓地には糸杉が植えてある〕の下、一人取り残される。何時間か前、家族に囲まれて、寝具の中、ぬくぬくとベッドで、元気になろうと熱いスープを飲んでいた。短い時間ですべてが変わってしまったのです。風が吹き始め、あなたの縦長の頭のすぐ上で糸杉が揺れ動き始める。あなたは一人、つまり、四方八方隣人はいても、それぞれが『無』と孤独なのです。みんなが孤立しています。白い月が空に上り、あなたの方形の砦を照らす。ルノアール、あなたは月の光を感じる。感じるだけです。意地悪な墓堀人たちが光が洩れないようにと、念を入れて隙間を塞いでしまったからです。

距離にしてわずかのところに町の騒音が聞こえ、数時間前まであなたを愛し、気を遣ってくれた人々が集まって、友達に話しています。『しかたのないことです。あれでよかったのです。苦しんでいたのですから』。孤独があなたをあちこちから包み、周りはどきっとするような寒さと、静寂と、痺れがあるだけです。墓地の番人は番人小屋で足を広げて眠っています。近くには薪ストーブがあり、その周りを暖めている。あなたは『無』の中でひたすら無存在の孤独、生命に参加しない苦悶、墓地の厳しい寒さを感じるのです」

ロビネは一息付いた。ダビ兄ちゃ、おれは体の芯まで恐怖に慄《おのの》いた。それでも、ロビネの体から発散する迫力と緊張感がおれを引き付けていた。しかしおれはやつの影響力の範囲からどうやって逃れたらよいのか分からなかった。ブロンドの女性歌手は歌い続けていた。落下傘部隊の隊員たちはすっかりめろめろになっていたが、おれは気付いていなかった。おれはただ自分の意志でだが、やつの術中に嵌っていた。たとえやつから逃げようとしても、逃げることはできなかっただろう。やつは、今度は古い機関車のように荒い息をしていた。両手はまるで喘息もちの老人のように震えていた。汚いハンカチで額の汗を拭うと言った。

「それから、ルノアール、すべての忘却が始まるのです。あなたへの記憶が地表から消えていくのです。ゆっくりした時間の経過ですが、止まらないのです。今日は昨日より少しだけ少なく、明日よりは少し多く、あなたへの記憶が消えていく。それは宿命であり、不可避のことなのです。最後は忘却。空気の釣り鐘の空洞のような絶対の無となる。あなたの痕跡はなくなり、あなたへの記憶がなくなるのです。ルノアール、ただ残るのは名前と命日が刻まれた石碑だけです。通りがかりの人は誰でも思う。『こいつ、誰だろう？　こいつって、いったい誰をてこずらせたんだ？　こいつの抱えていた問題って何だ？　恋愛問題か？　やつのスタイルの問題か？』それがあなたに関して残るものだ。つまり、謎に次ぐ謎だ。そしてあなたはよそ行きの服装に窮屈そうに収まり、けばけばしいネクタイを締めたまま日一日と小さくなり、刻々と無に帰していくのです……」

ロビネは寒くて震えるように、がたがたと震えていた、ダビ兄ちゃ。そしておれは考えていた。『いつ、この話、止めてくれるのか？』汗をハンカチで拭き取り、ちらっと無関心のように女歌手の丸い肩を眺めると続けて言った。

「死というのは、それ自体は悪ではないのです、ルノアール。よく見てみると死は慈悲深く、人のいろんな苦悩を終わらせてくれるのです。その面からみると、憐れみ深いばかりか望ましいものです。結局、もしある人が死んでも、みんながその人の苦労したライフワークをいつまでも思い出してくれるなら、死自体は大して重要な意味を持つものではないのです。真の苦痛とは死んで無視されることですよ、ルノアール。ひとりの何様として、あなたを取り巻く人々か、あなたをお義理で愛さなくちゃならない人々の悲しみしかなく、あなたが死んだことは、あなたが死んで家の門から出て行ったことを見て知っている女門番の証明しかなしに死ぬことです、ルノアール。二つの死は全く異質なものです。一つは名声を一身に背負っての死、もう一つはどこの誰とも分からない死です。もし、どこの誰とも分からない死に方をすれば、ルノアール、それで一巻の終わりです。骨の上に小さなタイルの蓋を乗せられ、セメントを少し溶いて隙間を塞がれると、それで一巻の終わりです。それでようやく、『では、休もう』と言うことはできますが、ルノアール、無の意識の中で自分は悲しいミミズ以下だと知って安らかに眠れると思いますか。そうなのです。著名人は著名人、無名人は無名人として、人は永劫に生き続けるようにできているのです。有名になった人だけが墓の中で少しは休息することが保証されていて、その人の死後の居場所をみんながよく知っており、その人は自分が孤独でないことを知っているのです。そのように期待していればよいことを知っているのです。その人は、生きている人々が死んだ自分の思い出を愛しているか、嫌っているかを知っています。しかしみんなはその人をよく知っており、名前もよく知っており、みんながその人を思い出してくれることで、孤独感が和らげられることを彼は知っているのです。そのようにして、ルノアール、わたしを信じてください。人はすべてが死ぬものではない。絶対の無もなく、絶対の忘却もない。窒息的な全死はその人には至らない。なぜなら、その人かその人の記憶は、大きければ世界の歴史の中や生きている人々の言葉や脳の中に取り込まれ、その人格は他の人々の中や生きている人の細胞、内臓の中、その他四肢の中に受け継がれて存続するのです。ルノアール、わたしは言いたい。死後でも名声というものは死んだ人にとっては肺のようなもので、その人を永久に生かし、永遠に残すものです」

ダビ兄ちゃ、ロビネの真っ青な視線は悪魔の火と燃え上がっていった。アウリタは両目に悲愴な表情を浮かべてロビネを見ていた。その間、おれはすっかりやつの意志に束縛され、従順に身を任せていた。おれのすべての感覚はやつに向かって覚醒し、張り詰めていた。

ロビネは眉毛を吊り上げ、口調を和らげて突然言った。

「わたしがあなたのお父さんと知り合った時、ルノアール、お父さんはフランスで最も可能性を秘めた芸術家だった。大胆で、激しく、独特で、表現力に富む資質を持っていた。わたしはその当時、雄弁で個性的な画家を探していました。わたしは万策が尽きていました。これは確かなことです。ルノアール、わたしを信じて下さい。あなたがわたしを信じることが、今わたしにとって唯一絶対的に重要なことです。わたしは子供の時から今と同じことを考えてきました。そして時々独り言を言ってました。『ロビネよ。人をあっと驚かすようなことをしなくちゃならぬ』。でもわたしは自分の熱烈な欲望、頭脳、手、足など、使える手段を使わずにそれをやり遂げたいと思った。わたしは自分に言った。『じゃ、何をするんだ、ロビネ?』そして考えた。多くのことができるさ、しかしまだその時期ではないと。しかし結果的にはその時期はなかった、ルノアール。それに、本気でやるべきことはなにもなかった。わたしは焦りでいっぱいになり、独り言を言った。『お前の名前を不滅のものにしなくちゃならない。時間は急を要する。逼迫《ひっぱく》している』。そして、また自分に問うた。『どうやってそれをやるんだね』。しかしそこからは答えは出なかった。ルノアール、この世は不公平だ。才能を持って生まれる者もあれば、何も才能を持たずに生まれる者もいる。知性と知能を持って生まれる者もいれば、愚鈍でノロマに生まれる者もいる。わたしは不相応の大望を持ったが、それだけでは足りなかった。わたしの頭と心はこの大望と、漠然とした、あの、やってやろうという熱病を抱くこと以外には何もなくなってしまった。ある晩、落ち込んでいたわたしの中に何かが灯った。わたしは自分に言った。『お前は役立たずだ、ロビネ。お前の中にあるものを大きくしてくれるやつがいるはずだ。そいつを探してくるんだ』。そしてその時、ルノアール、わたしは考えた。『レオナルド・ダ・ヴィンチはジョコンダ〔モナリザのモデルとなった婦人名〕を描いた。レオナルド・ダ・ヴィンチとジョコンダではどちらが世界的か?』とたんにわたしは、ルノアール、一人の天才の前でお人よしのように微笑するより他に功績のないのに、敢然と自らが忘れ去られることに抵抗した、あの面白くもない役立たずの女に、わたしの全身を火にして嫉妬していたのだ。わたしは独り言を言った。『微笑が不滅に値するものか』と。そしてその後で独白した。『不滅に値するかどうかは、わたしに関わりはない』と。そして何もしないことで期限切れに直面することがある。忘られるか有名になるかは、これという機会に遭遇するかどうかの問題であり、その機会を利用できるかどうかだと考えた時、わたしの内部に燃えてくるものがあった。

『わたしがあなたのお父さんの作品と出合ったのはそんな日々だった、ルノアール。わたしはそれを目にした瞬間、迫力と個性が気に入った。あなたには驚きかも知れない。自慢じゃないが、わたしは芸術作品にはとても鋭敏な直感を持っている。それを見た時、独り言を言った。『これぞ、そのエネルギーによって掻きたてられる作品、永続性のある作品だ』と。こうして、ある展覧会ですべては起こることになる。わたしはあなたのお父さんに近付いて言った。『あなたの風景画にある、悲痛な荘厳さに、わたしは感服いたしました』。お父さんはこの賞賛の言葉に気分をよくして言った。『おれが到達したところには誰も到達し得ない』。わたしたちは友人同士になった。その時以来、ちょくちょく会って話をするようになった。ある日、わたしは彼に言った。『ルノアール〔主人公と同名の父親。西欧では長男が父親と同名の場合が多い〕、わたしを描いてくれないか』。彼は答えた。『あなたには色彩がない。顔に表情が欠けている。絵にはならないね』。わたしは更に言った。『他の人たちにとっては多分そうかもしれないけど、あなただったら絵にできると思う』。彼は言った。『元々存在しないものを捕らえることは誰もできないですよ』。わたしは言った。『そこを何とか、挑戦してみてくれないですかね。成功すると大きいと思いますが』。こうして彼は制作を始めた。彼にはたいへんな苦労だった、ルノアール。時々彼は、こんちきしょう！　とか罵り、悪態を呟いていた。とうとうある午後言った。『できました』。わたしは言った。『明日、見ますよ』。彼は言った。『見るのに時間は掛からないじゃないか』。わたしは更に言った。『いや、時間じゃない。今わたしは疲れているから、明日見るよ』。実を言うと、わたしはね、ルノアール。見るための覚悟をしたいと思ったのだ。わたしにとって、それはわたしの生涯の究極の理由だったんだよ。わたしはイチ、ニの、サンでぱっと絵を見せられて、それを、はいそうですかと受け入れてしまうことはできなかった。わたしは信じているが、絵というものは第一印象で決まってしまう。あちらこちらとこだわるのは二義的なことで、最初の印象は変わらないものだ。だからわたしは明日見ると言ったのだ。翌日、わたしはお父さんのアトリエに天窓から入って行った。彼は微笑んで言った。『これは変革だね』と。わたしは言った。『わしらの家は屋根伝いに行けるからね』。そして理由はわからないが、わたしは絵に満足できなかった。彼独特の不死身の火花が欠けていたのだ。わたしは単刀直入にそのことをあなたのお父さんに言った。すると彼は怒り、散々悪態をついた。そしてわたしは彼に言った。『始めからやり直してくれ、ルノアール』。あなたのお父さんはますます激憤した。わたしはなおも言った。『仕方がないじゃないですか』。彼はわたしを罵った。わたしは取り乱すことなく、画布に深い切り疵《きず》をつけた。

次の日、あなたのお父さんは再びわたしの写生に取り組んだ。わたしはお父さんが挫けはしないかと、注意深くお父さんの手、目、動きを見守っていた。しかしお父さんには意志の力が欠けていた。ルノアール、わたしはそれを彼の態度でわかった。まったくわたしに集中しなかった。次の日、彼は立ちはだかってわたしに言った。『あなたは汗を掻いている。わたしは自分のモデルが汗を掻くのを見ることはできない』。わたしは真顔で言った。『次を続けて下さい』。わたしの内部で、生きるべきか生かざるべきか、すなわち進むべきか退くべきかの闘いが起こった。ルノアール、まさにそれなんだ。わたしに汗を掻かせ、わたしを動揺させ、狼狽させていたのは。なぜならいちかばちかの勝負の中に生きていたのだから。少し経つと、あなたのお父さんは再び立ちはだかり、『ちくしょう、静かに』。わたしは言った。『さあ、さあ、さあ、描いて下さい』。わたしは急いでいたのです。ルノアール、急いでいたし、死の不安もあった。だけどわたしはただ、『さあ、さあ、さあ、次を続けて下さい』としか言えなかった。ああ、わたしに絵心があったらな。しかしわたしにはこれっぽちもない。不滅への熱望、永続への切望はあるが。四日目、あなたのお父さんはきっぱりと絵筆を置いた。『もう終わりだ。もう描けない』と言った。あなたのお父さんはその日、すっかり酔っていた。そしてわたしは彼に言った。『ルノアール、続けてくれなくては』。彼はまた言った。『もう終わりだと言ったはずだ』。翌日、わたしは天窓越しにまたやってきた。そして彼はわたしに言った。『無駄なことです』。わたしはそこを去った。独りになると絶望し、その果てに考えた。『わたしは彼を殺してもよいのだ』。この考えはわたしの気を楽にさせた。ルノアール、感じた通りあなたに言おう。その考えが段々広がって、わたしの心の中に満ち亘《わた》ってしまった。人を殺すという行為の中に、わたしは不滅を見出すことができ、それと同時にあなたのお父さんの名声もしっかりと定着させることができる。それは汚い手を使うことではない、ルノアール。あなたのお父さんもわたしも仕合せではなかった。こうしてわたしはお父さんの家に行って、殺した。ルノアール、わたしは考えた、『わたしを有名にすることができなかった男を殺すことで、わたしは有名になるのだ。そうなったら縛り首になったって構わない』と。その後でわたしはよく考えて自分に言った。『事件は二十五年後、明らかにされた時点で一大騒動になるだろう』と。わたしは屋根伝いに逃げた。ルノアール、この国の警察を欺くことは本当に難しいことではない。人が七階の屋根裏部屋に辿り着くには階段しかないと考えたんだね。天窓のことはすっかり忘れてしまっていたのだ。わかりますか？　わたしは下に降り、駆け出して逃げた。人々は口々に言った。『画家が自殺した』と。ルノアール、自殺以外になにが考えられるかね？」

XXV

ロビネはソファに寄り掛かった、ダビ兄ちゃ。そしてやつの汗びっしょりの顔は子供じみた満足で薄笑いしていた。ダビ兄ちゃ、おれ、その時臆病だったよ。おれ、鍵穴からみんな見てしまったとやつに言わなかったのは、第一にやつの告白の後では無駄だったからであり、第二にやつを怒らせるんじゃないかと思ったからだ。そうなると、やつはおれも殺して、もっと名声を上げたいと思うんじゃないかと思ったからだ。おれはこんどは全身全霊を以ってやつを鎮めることに努めた。実を言うと、ダビ兄ちゃ、おれはやつが滔々《とうとう》と述べることを、分かったと態度で表し、やつの行動に対する驚嘆も態度で表すよう努めたのだ。ブロンドの歌手はテーブル伝いに歌を歌いながら客席を回って歩いた。抑揚のある節回しがおれに、元気を出せと励ましていた。おれは不意に言った。

「なぜ、あそこでわたしから逃げたんですか」

ロビネは微笑んで言った。

「あなたのお父さんのことがあってから二十五年経過しました。あなたは循環の法則で帰ってこなければなりませんでした。今こそすべてを明らかにすべき時です。循環によってもとの地点に戻ったのです。わたしがあなたを見掛けた時は、その時期でも場所でもなかったのです。わたしは、ルノアール、あなたに対するわたしのデリカシーの無さに違和感を持って欲しくないのです。そしてそれに、あの地下鉄の線路であなたを走らせたことを赦して頂きたい。わたしは独り言を言っていたのです。『駄目です。ここでは駄目です。ものごとはその起源の場所で明らかにされねばならない。ルノアールはわたしの後を追ってフランスにきてくれるだろう』と」

おれは考えた。『ダビ兄ちゃ、循環なんてこんちくしょうだ。おれはまったくの偶然でここにいるのだ』。ふとロビネがポケットの中に、何か探し物をしている動きに注意を逸らされた。出し抜けに、そこから無造作に折り畳んだ汚らしい紙を取り出した。神経質そうな筆使いで何か書いてある。それをおれの目の前に広げて見せて言った。

「これはわたしの自白書だ、ルノアール。警察がこれを読んだらがっかりするだろう。一九二二年十一月二十五日朝、ルノアール画家自殺とファイルには記載されている。それをこんどは事件をまるっきりひっくり返さなくてはならなくなる。Xと書いてある所にZと書き、調書を書き換え、当時の検死官にまで累が及ぶ。すべてこれ、わたしのせいだ、ルノアール。彼らはきっと、この冗談をあまり楽しまないと思うね」

ロビネの目は極度の疲れで、急に喘ぐように見えた。疲れた表情で女性歌手を眺めて、恥ずかしそうに言った。

「真面目な話だが、ルノアール、あの娘の唇にキスできるとすれば、あなたはいくら払うかね？」

おれは激しく咳払いをした。なぜならアウリタが『さあ、いくら払うの？』というように、おれを見たからである。そしてこの時、ロビネはのろのろと立ち上がって言った。『きっと、おれはキスしてくる。おれには権利がある。なぜならこれは生涯最後の欲望だからだ』。彼は誰もいない通路を歩いてブロンドの歌手に近付き、女の腰を抱えると、貪るように激しく唇にキスした。その行動はとても大胆だったので、ダビ兄ちゃ、おれたちはあっけにとられて、自分のところから一歩も動けなかった。バンドの音楽が止み、周りを圧倒する静けさがおれたちの上を覆った。その美しい女性がロビネの強引な貪欲から唇を引き離して、切羽詰った驚きの声を張り上げたところで、ようやくみんなは反応した。その時生気が戻り、おれたちはみんな立ち上がった。ロビネは女性を放した。フロアの真ん中に立ち、黒い物を持っていた右手を口に持って行った。ものすごい爆発音が鳴り響いた。おれはまるで物体が倒れるようにやつが崩れ落ちるのを見た。ダビ兄ちゃ、おれがやつの方に駆け寄ろうとした時、アウリタが長椅子の上に卒倒しているのに気付いた。一瞬迷った後、アウリタの方に戻った。ハンカチをビールで濡らしてこめかみに当てると、ようやくアウリタが反応するのを見た。

XXVI

その後、警察の事情聴取や尋問、役所の面倒な手続きで大変困惑した。しかしだからといって、これでロビネが生き返るわけでもなく、また、やつの犯罪が因《もと》でやつを有名にするのは面白くなかったが、第一、自殺というパパの不名誉の記録を抹消し〔カトリックでは、自殺は教えに背く不名誉とされる〕、第二にアウリタとおれがあの窮地から脱出するためには、こんな面倒なことも仕方がなかった。そしてロビネが期待したように、人々はあちこちでやつのことを噂し始め、やつの行為が喧伝されていった。おれはやつの遺体が墓の中で仕合せで蠢くのではないかと思うとムカついた。しかし直ぐ後で、おれは独り言を言った。『ロビネは精神錯乱者だった。やつが信じるような永遠の命なんて世の中にはないのだ。そのように考えることは無知というものである』と。

おれたちが帰宅すると、おれはとても心が落ち着いた。ガングリオンは減り始め、ほとんどわからないくらい小さくなった。おれは普通の勤め人の生活に戻った。そしてロビネの悲しい名声をこれ以上高めないために、パパのことは決して口にすまいと心に誓ったが、当地ではパパの最期はどうだったのかみんな知らないので、純粋にパパの思い出をきれいにしようとしてではなく、おれの冒険をしゃべりたいという愚かな自惚れのために、おれはすぐしゃべってしまった、ダビ兄ちゃ。そしてあちこちでそれをしゃべっては、みんなが驚いて叫び声を上げるのが楽しくなってしまった。しかしそれでも、おれは日々アウリタと生まれてくる赤ん坊のことを心配していた。というのも、妊娠中に感情の激しい刺激を受けると、妊婦も赤ちゃんも障害を受けるということを知っていたからだ。それでアウリタに言った、『体、大丈夫かい?』『以前より、ずっと調子いいわよ』と彼女は答えた。そしてその通り、アウリタは以前の自分に戻り、歯磨きチューブの栓を閉めるようになり、おれが上着を掛けられるように、肩の形がくずれないようにと椅子をベッドに近寄せてくれた。おれはなおもしつこく言った。『どこも、何も、痛くないのかい?』彼女は言う。『わたしぜんぜん大丈夫よ。ほっといて』

予定日が近付くと、おれは体が震えた。精神面の動きに何かの明らかな兆候がないかと、女に気付かれないように見守った。しかし何ごともなかったように、ダビ兄ちゃ、アウリタは気丈で精神状態は安定し、ポーでの二日酔も、表面的には何も悲しい思い出を残してはいなかった。それでもおれは彼女に対し愛想よく振舞っていた。何かして欲しいと言われれば、おれは先回りして揃えてやろうと努め、彼女がロビネの話を始めようとするとおれはわざと話題を変えて、あの怖かったことを思い出させないように努めた。しかし彼女は怒って言った。『ねえ、そんなにわたしを子供扱いしないでよ』。その後、予定日から段々遅れ始めると、おれは、こんなに遅れるなんて、もしかすると男の子に違いないと思うようになった。会社ではおれは気もそぞろ、心配ばかりしていた。サンチェスはおれに言った。『おい、そんなに悩むことはないよ。おれの家内がちゃんとついててあげるから』

ある朝、部長から呼ばれて彼の部屋に行った。部長は愛想よく、おれを応接用のふかふかの肘掛け椅子に座らせると、おれの健康のことを尋ね、それからまるで彼が力を貸したとでもいうように、おれの前借分の給料は受け取ったのかどうか尋ねた。そして最後におれに言った。『なあ、ルノアール。フランスに旅行してたそうだが本当か?』と。そしておれは少し恥ずかしそうに冒険談を語った。彼は、もっと詳しく話せと求め、一段落終わる毎に『驚いた。本当かい』と言った。おれは『ええ、そうなんですよ。部長』。そしてダビ兄ちゃ、偶然だけど、部長の部屋から出たとたん、雑務係の男がおれに近付いてきて『お電話が入っていますよ』と言った。で、おれが電話口に出ると、サンチェスの家内のローラの声が聞こえ、アウリタさんが男の子と女の子を産みましたよと言った。おれは言った。『二人ですか?』彼女は息せき切って『はい、そうです。お二人です』と言った。おれはお腹の中から嬉しさが込み上げてくるのがわかったよ。ダビ兄ちゃ、そして言った。『二人共、元気?　五体満足ですか?』『もちろんですとも』――とローラが答えた――『とても可愛いですよ』。おれはすっかり有頂天になってしまった。ダビ兄ちゃ、ローラにはただ、ありがとうと言うばかりだった。ちょうどそこにファンドが通りかかったので、受話器を置くと彼に言った。

『おい、おれ、おやじになったぞ。ファンド、男の子と女の子だ』。彼は言った。『ブラボー、ルノアール』。そしてすぐに皆に向かって言った。『ルノアールがおやじさんになったぞ。すごい。ばんざい』。みんなはおれを取り囲み、もみくちゃに抱擁してくれた。おれはとうとう言った。『お願いだ、みんな、おれをここから行かせてくれ、これから母と子に会いに行かなくちゃ』

道を走っていくと、今日という日はまるでお祭りの日のように思えた。すべてが光に満ち、愛に満ち、優しさに満ち、世の中は善であり、仕合せであり、物分かりのよい存在であった。そしておれは、ダビ兄ちゃ、ハートが熱くとろけるのを実感していた。

終

クルミの木——Los nogales

その年、クルミは八月前半に実り始めた。異例の早生現象であった。若ニーロは老木の木陰に横になり、木々の爽やかなざわめきを聞いて楽しんだ。それは触れ合って喜ぶ木々の声であった。若ニーロは田園が微かに軋む音を聞いて眠気に誘われた。神様のお造りになった自然は完璧であり、人間は神様のお造りになった自然を損なうことしかしない。せっかく神様の決めた自然の営みを害し、損なってしまうということを若ニーロは知っていた。老ニーロは息子のそんなひ弱な姿勢をみると苛々となった。

「ガキ共が入ってきてクルミを盗んで行く前に、クルミの叩き落しをしなくちゃなんねえ」と言いながら、視線を息子から逸らした。息子の空《うつ》ろでひもじそうな目付きを見るのが嫌だった。

若ニーロはそんなことには動じなかった。口を動かすと疲れるというように、辛そうに話した。兎唇《ミツクチ》だったからである。

「もう熟してますね。父ザン。ぼく、神ザマより上手に作ることはできっこありません。先生ザマがそうおっしゃっデダ」

老ニーロは息子の傍に来て、肩を寄せ合った。

「言っておくがね、ネズミトリ鳥は昼も夜もクルミの木の下を飛び回っているぞ。神様はニーロ様のクルミがネズミトリ鳥に食われることをお望みではないぞ。分かるか。こんなことでは二十ファネガ〔穀物容量の単位、国によって異なるがスペインでは一ファネガ＝五五・五リットル〕も収穫できないぞ」

老ニーロも、神様の造られるものは完璧であり、再生の循環が完璧であることを知らないわけではなかった。またクルミの仮果は太陽に当たると乾いて割れ、外から力を加えなくとも木から落ちることも知っていた。また老ニーロは世界中のどんなに優れたナイフ作りといえども、太陽に勝る切れ味のナイフ作りはいないことも知っていた。クルミの木を叩いて実を落とし、そのまま放っておけば、村の悪童共、ネズミトリ鳥、クリミガ〔害虫〕、リスなどに横取りされてしまう、そうなるとクルミの木は儲けがなくなってしまうことも老ニーロは知っていた。

八十歳に手が届き、村の外部の人々に対して、老ニーロはこの村人の健康の象徴にも、模範にもされていた。老ニーロは驚くべき精気を漲《みなぎ》らせていた。強靭な歯並み、溌剌とした面構え、完璧な聴力を備えていた。かつて老ニーロの五感はケモノのように鋭かったが、このところめっきり脚が弱り、体を支えるのがやっとだった。五十年前、無性に男の子が欲しいと思った。しかしどういうわけか、ベルナルダが男の子を産むとみんなすぐ死んでしまい、一人も育たなかった。ベルナルダは言った。

「あんた、名前にこだわってニーロって名前つけ続ければ、あたしたちには男の子はこないよ」

老ニーロは言い張った。しつこく司祭に言った。

「ニーロだ。おれはニーロと言ったぞ」

「ニーロと、あと別名は」〔カトリック国では二つの名前をつけてもらう。長男は通常、父親と同名をつけ、さらに別名をもらう。例＝フワン・カルロス（先代のスペイン国王）、ミゲル・アンヘル（イタリア語ではミケランジェロになる）等〕

「ニーロ、それだけだ」

「またニーロかい」

「そうだ。おれが男の子が欲しいのは、おれと同じ名前をつけるためだ」

血統の明らかな嫡出性について、老ニーロは少し変わった考えを固持していた。つまり息子というものは誇らしげに母親の胸に摑まって見せることによってではなく、付与した名前によって明示されるというものであった。息子にフワン、ペドロ、ホセ〔いずれも典型的なスペイン人男性名〕という洗礼名をつけてもらって、そう呼ぶことは父権の放棄を意味していた。この村では姓はどうでもよかった。村の司祭は、

「意地張るんじゃない。この子には別の名前をつけて上げなさい。それとも、この子も死なせたいのかね」

「ニーロだ。ニーロと言ったらニーロだ」

「それで、もし亡くなったらどうなさるかね」

「埋葬するだけの話よ」

こうして若ニーロは生まれた。育ちが悪く痩せこけていて、医者はとてももつまいと、部屋の隅に粗麻布を広げ、その上に赤ん坊を放置すると、大量出血した母親の処置に回った。しかし若ニーロは自力呼吸を始めていた。ベルナルダの手当てを済ますと、医者は赤ん坊を次の間に運ばせ、しきりにあちこちと聴診した後で言った。ダウン症だな。二十四時間も持つまいと思うねと。

司祭がやってきて、まず洗礼をいたしましょうと言った。

「名前はなんとつけますか」

「ニーロだ」

「いいですか。この子は二、三時間も持たないのですよ」

「で、もし生きながらえたら、どうする」

「お前さん、大ばか者の頭領みたいな方だ。この子にペドロとかフワンとかの〔洗礼〕名をつけてあげるのが、私の大切な務めだ」

このようにしてニーロという名前が付けられた。医者は、ベルナルダが奇形の赤ん坊を見てびっくりするといけないから、見せない方がよい、死産だったと言えばよいと告げた。

老ニーロは酒場に行った。二、三時間もたないと言われた時間に戻ってきた。

「もう死んだのかい」

ペチャパイのブラウリアは不安そうに赤ん坊を抱いていた。

「この子、益々逞しく呼吸しているわ」

「まさか」。老ニーロはそう言うと酒場へ戻った。十二時まで飲んでいたが、その後ブラウリアの元にやってきて言った。

「どうなった」

「あそこにいるわ。あんた、赤ちゃんどうする気。わたし、もう眠んなくっちゃならないわ」

赤ん坊は泣き叫んでいた。

「お腹すかしているよ」。老ニーロは言った。「でもな、母親には赤ん坊は死んだと言ってあるので、母親のところに連れていけないし……」

少しの間、丸腰掛に座り、指を櫛にして髪の中に入れ、くしゃくしゃの髪を整えると言った。

「ヤギの乳あるか」

「あるわ」

「水で薄めて少しやってみてくれ」

「そんなことして、死んだらどうする」

「それは承知の上だ。さあ、早く」

赤ん坊はヤギの乳を飲むと、静かになって眠った。

こんな状況を見て、老ニーロは赤ん坊を可愛いとさえ思った。

「そんなにみっともなくはないよ、な?」

「あんた、そう思うの」とブラウリア。

老ニーロは心の中に何かが湧き出してくるのを経験した。しばらくして言った。

「明日まで赤ん坊みてやってくれないか。泣いたら、ヤギの乳をやってくれ」

ベルナルダは老ニーロが小屋に入ってくると訴えた。

「ずーっと赤ん坊が泣いてるように私に聞こえるんだけど」

「ペチャパイの連れている雌猫が啼《な》いているのさ。見つけ次第、棒で叩きのめしてやる」

ベルナルダは納得しなかった。

「ペチャパイの雌猫、今頃サカリがついてるわけないわ」。しばらくして、ぽつりと言った。「まだ、その時期じゃない」と。

老ニーロは言った。

「もう、寝よう。あしたはあした」

しかし老ニーロはとても眠れないのを知っていた。

ベルナルダもワラ布団の上で、不安な気持ちで寝返りを繰り返していた。

「どんな具合なの、言ってちょうだい」

「何のことだい」

「子供よ」

「あたりまえの子供だったよ。ただ、死んでいた」

「ねえ」

「なんだね」

「お墓にはニーロって子何人いたっけ」

「五人だよ。こんどのを入れないで」

「なによ、なぜ、こんどの子を数に入れないの」

ベルナルダはすっくと立ち上がった。

「ねえ、聞いて。あれはペチャパイの雌猫ではないわ。絶対そうではないわ」

「おれには何も聞こえない」

「今泣き止んだわ。でも、あれは赤ん坊よ」

急に跳び上がった。

「あんたたち、まさか、赤ん坊を生き埋めにしたんじゃないでしょうね」

「まさか」。老ニーロは言った。「一晩中かかって、大変だったんだよ」

「ねえ」

「なんだ」

「お墓の敷地を、わたしたちニーロで独り占めするのは正当なことかって村長さん言うわよ。他の人たちは文句言わないのかしら」

「言いたい人には言わせておくさ」

「よく言うわ。税金上げられるんじゃないの」

「上げたらいい」

「どうやって払うの」

「上げろってんだ」

「あんた、クルミの木六本じゃ、パン一かけらにもならないってこと、誰よりもよく知ってるくせに」

「そりゃそうだが」

「ねえ、ニーロ。私の言うことわかる?」

「何だ」

「ペチャパイの雌猫はサカリがついてるはずないわ。まだその時期ではないよ」

「黙らないか」

「私のこと、だましてるんじゃないの。そうでしょう」

翌朝、医者は驚きを隠さなかった。ペチャパイは言った。

「この子ったら、ますますしっかりと呼吸するようになったわ」

それから老ニーロを振り向いて、「どこか赤ちゃん欲しい人のところにあげるっていうのはどうかしら。もうわたし、世話できないから」と言った。老ニーロはじっと医者を窺い、医者の決定を待った。医者は赤ん坊に聴診器を当てると、「確かに、心臓の鼓動が力強くなっているようだな」と言った。

村では老ニーロに可哀そうな子が生まれたことが知れ渡り、みんながこぞってブラウリアのところへやってきた。

「どれどれ、拝見」

「みんなに見られて、顔擦り切れて、しまいに名前まで擦り切れちまうぞ」

「ひぇー、手何本ある」

「片方に八本ずつだとでも言うの、ばかばかしい」

「まるで自分の赤ちゃんみたいに」

赤ん坊と初めていっしょに寝た夜、ブラウリアの中に一途でじわっとした母性感情が芽生えた。つまりブラウリアが赤ん坊にあげたヤギの乳は、まさしく母乳であった。ブラウリアは哀れで不恰好な老ニーロを見ていた。ズボンの後ろの破れ目からお尻が見えていた。ブラウリアは老ニーロに言った。

「あんた。ベルナルダのところに行っておやり。そして本当のことを話してあげなさいよ。もし明日になって本当のことが分かると、あんたは赦してもらえないよ」

老ニーロは躊躇った。

「勇気がないな」

「勇気がない？」

「ない」

「それじゃ、わたしが行くわ」とブラウリアが言った。

ベルナルダの家から戻ってきたブラウリアは、まるで死人のようだった。

「死んでたわ」。ぽかんとして言った。そして急に笑い、泣き、歯を食いしばると、ベルナルダはベッドで固くなっていたわと大声で言った。

老ニーロは若ニーロを育てるために、なけなしの土地を売らねばならなかった。手元に残ったのはクルミの木とミツバチの巣だけとなった。ベルナルダは夭折した五人の息子たちといっしょに、すでに墓の下で眠っていた。老ニーロの心の中に細やかな思い遣りが広がった。毎日、六本のクルミの木を仰ぎ見た。それから希望に輝いた目で息子の方を見た。「息子にはちゃんとした生活をして、クルミの木を面倒みてもらわなくちゃならない」と独り言を言った。

当時、老ニーロは村一番の「クルミ叩き」になっていた。大地主たちは老ニーロに連絡してきて、クルミを叩き落として収穫してもらった。彼の競争相手たちはクルミの実も枝もごちゃまぜに叩き落した。老ニーロはこの仕事に対する生まれつきの能力、つまり素晴らしい脚力と手際のよい指先の能力を発揮した。

彼は考えた。「脚は腕と同じくらい大切だ。腕は脚ほど物に耐える力はない。これは誰も知らない秘密だ」と。これは自分だけの秘密にして、誰にも言うまいと思った。いつの日か、この秘密を若ニーロに教えてやることにしよう。小屋の片隅には、クルミ叩き用の太さの異なった棒切れのセットが置いてあった。この地方一番の「クルミ叩き」になる武器は、刃は欠けてもよいが、丸型刃のナイフと奇跡的な手があれば十分だった。遠出の時は子供を連れて行った。若ニーロを大きな背負い篭に乗せて歩き、昼と夕暮れ時にはヤギの乳を水で薄めて少しずつ飲ませた。背負い篭の赤ん坊を木の根元にそっと置くと、赤ん坊はぐっすり寝入った。

子供が物心付いてきた時、父親は子供に言い聞かせた。

「ニーロよ。おれの仕事をよく見ておけよ。仕事を覚えなくちゃいけない。お前の生活はこれだよ」

しかし老ニーロが木のてっぺんから、さて、息子はどうかと見下ろすと、息子は仕事ぶりを見てくれるどころか、ぐっすり眠りこけているのが茂みの間から見えた。三歳になっても若ニーロは歩かなかった。這い這いして移動した。言葉も出なかった。無理して話させようとすると、「バーバー」と言うのが関の山だった。「クルミ叩き」ってのは人間とは関わりがないからなー、クルミを叩き、収穫し、食べて、寝るには言葉は要らないからなーと息子に言い訳した。しかし子供は頭が良かった。時間がたつにつれて、みんなにそれが分かるようになる。若ニーロはミツクチの上に食べることと眠ることとしかしないので、村人たちは彼を薄弱児だと思い込んでいた。

七歳になり、若ニーロはようやく「パン」という言葉を発した。十歳になった時、足のカユイカユイ病が始まった。その頃ハチクイドリが老ニーロのミツバチの巣に穴を開け、ハチミツとミツバチを食い荒らしてしまった。若ニーロが「クルミ叩き」にまったく興味を示さないので、父はまだ時期尚早と考え、そのかわりに松林の丘にあるミツバチの巣の見張りをさせた。夕方、子供を迎えに行くと、案の定、松の落ち葉の上で眠りこけていた。

ある晩、窓から入る月明かりを浴び、ワラの上に寝転がって、老ニーロは息子に話しかけた。「クルミ叩きってのは素敵な仕事だぞ、ニーロ。木の上の高いところから下を見るとな、神様が下界を見下ろすのといっしょの気分になれるぞ」

薄明かりの中、子供は空ろで訴えるような斜視の小さな目で父親を見ていた。時々言った。「父ザン、あまりボクのことワルグ言わないでよ」。しかしたいがいは沈黙を守った。老ニーロは続ける。

「昔、父さんは金持ちだった。分かるか。本式の家を持っていた。金色に塗った鉄製のベッドもあったし、クルミの木とミツバチの巣以外に二オブラーダ〔一オブラーダ＝五四〇〇平方メートル〕の畑を持っていた。ところが三年続けて夏場に雹《ひょう》にやられ、畑を売りに出さなくちゃならなくなった。父さん、自分に言い聞かせたね。『おれ、木登りできる脚がある限り、クルミをもぐ両手がある限り、十分やっていける』と。おれはその通りやってきた。そうしておれはクルミの木の下にこの小屋を建てて生活するようになった。初め、屋根をアシで葺《ふ》いた。しかし雨が降り、日が照って、腐って水が漏れるようになった。おれは、よし、それならと自分に言って聞かせたね。『雨水を通さないワラを見付けてやるぞ』とね。そしてトトラ〔がま、カヤツリグサ科の多年草〕を見付けた。村ではその頃、屋根葺くのにトトラなんか使う人はいなかった。こうしておれの脚が頑張れる間は、おれとお前はなんとかやりくりできるが、おれの脚がどうかなる前に、お前、力はあるんだから、仕事を覚えてもらわんといかん。クルミ叩きってのは誰でもやれることじゃねえのだ」

両手の指を首の下で組み、少しの間沈黙し、月の上に浮かんだクルミのシルエットを眺めていた。急に体の下のワラががさごそと動くのを感じた。

「お前、また足を掻いてるのか」

「かゆいんだよ、父ザン」

「かゆいのをがまんしろ。掻くな。でないと明日の朝まで掻いてないといかんようになるぞ」

老ニーロはしつこく言った。息子とクルミは相容れない二つの世界かもしれない。老ニーロはそんな予感がしたが、それは認めたくなかった。老ニーロが息子を刺激しようと試みると、息子は眠り込んでしまうのだ。若ニーロは学校へ行くようになると知恵がついて、こんなことを言い出すようになった。

「先生が言っテダゾ。神ザマの作ったものはドデもヨグできているって」。老ニーロはやれやれとばかりに、他人の所有権を尊重する心を失うことはどんなことかとか、労働を嫌う危険性について説教しようとしたが、若ニーロは理解したようにはみえなかった。

ある春のこと、小屋には食べ物がすっかりなくなっていた。老ニーロは若ニーロに、働かなくちゃならないと言った。若ニーロは父親の意見を汲んで、村長の土地の鳥追いをしようと決心した。二日目、村長は若ニーロが土手の上で横になり、眠りこけているところに出くわした。若ニーロの肩の上でカササギが一羽、ゆらゆらと安心しきった様子で揺れ動いていた。その時、老ニーロは確信した。自分の脚が衰えてしまった日に生活はすべて瓦解し、夏毎に秩序立てて叩き落している六本のクルミの木は、只の飾り物になってしまうと。

ある時、老ニーロは息子が鳥の内臓を塩漬けにしているところに出くわした。ある期待に言葉を呑んだが、やがて言った。

「エビガニ獲りにでも行くのか」

「そうしようと思っデル」

「今年は、くねくね道のあたりでたくさん獲れるそうだぞ」

「そんなこと言っデルね」

若ニーロの頭は大きく、目は斜視、唇はミツクチだった。老ニーロが仕事から帰ってみると、小屋はひどい悪臭を放っていた。鳥の内臓が小屋の隅っこで腐敗していた。エビガニ漁の手網も腐っていた。

「エビガニたくさん獲れたかい」

「行かなかった。足の裏カユグなって」

「またかい」

「またじゃない。ズーッドだよ」

老ニーロは七十歳になった時、クルミをもいでくれと時々頼まれて行く場合を除いて、他所の家のクルミ叩きを止めにした。

年をとっても、老ニーロの手は相変わらず確かで素早かった。みるみるうちに小さな頭蓋骨のようなクルミの核果が彼の右側に、殆ど無傷の果肉の皮が左側に山と積み上げられていった。果皮はキャベツとアスパラガスの肥料にされた。十月下旬になっても、老ニーロは自分の畑の六本のクルミにせっせと登り続けた。そして秩序立てて丹念にクルミを叩き、無傷のまま中から果肉を剥き出した。もし実を隠している枝があれば、彼はその意図を尊重した。老ニーロは常に、木は感情を持っていると信じていた。木の感情にひしひしと愛情を感じていた。畑からコロハ〔ハーブの一種〕の家庭的な香りが立ち昇っていた。年老いた彼の胸は和み、膨らんだ。しかし役立たずの息子のことを考えると気が滅入った。日が暮れると実をもいだ。夜明けには実をていねいに日向に干した。二時間おきに裏返しにした。殻がごく柔らかいクルミだったので、市場ではトリッツキクルミと呼んで売っていた。果肉を包む薄皮はほとんどない。果肉はカリカリして美味である。しかし時にネズミトリ鳥の旺盛な食欲を見ていると、老ニーロは、ネズミトリ鳥などにやられないような、外殻の硬いクルミの木を持ちたいと思った。夏になると老ニーロは息子の怠惰に活を入れ、息子の中に眠る天職を呼び覚まそうと努めた。クルミの木の高いところにいて、大枝に両足を踏ん張って頭上に細枝を仰ぎ見ていた時、老ニーロは予感するものがあった。両手両足がいうことをきかなくなり、ガキ共、リス、クリミガ、ネズミトリ鳥共がせっかく実った作物を台無しにしていくのを、黙って見過ごさねばならなくなる日が近いのではないかと。これは強迫観念となり、ぜひとも今のうちに将来の保証をしておかなくてはならないと思うようになった。

「これ、ニーロ坊。明日、クルミ叩きを手伝ってくれるかね」

若ニーロは怠惰で物欲しそうな斜視の目を老ニーロに向けた。

「クルミはもう穫り入れの時期にキデるよ、父ザン。みんな神様がおヅグりになるんだって、先生が言っデダ」

老ニーロは溜息混じりに答えた。

「神様はニーロ様のクルミを、村の子供たちやリスやネズミトリ鳥に取られることをお望みではないのだよ。わかるかい。クルミは地面に落ちてしまうと、十ファネーガスも収穫できない。これだけは先生様がなんと言おうと、神様はお望みになるはずはないぞ。ハチの巣はなくなった。あとはクルミの木六本でなんとかやっていかなくちゃなんねえぞ」

時々老ニーロはベルナルダを、切なく、やるせなく思い出した。「この子に会おうともせず逝ってしまって」と独り言を言った。そして自分の足が段々こわばっていくのを思うと、気が気でなかった。

若ニーロは父が汚いズボンを捲《まく》り上げては、いよいよ形が崩れていく膝の関節をしげしげと眺めているところに度々出くわした。

可哀そうにというように、若ニーロは訊いた。

「父ザン、かゆいの」

消え入りそうだった老ニーロの目が、瞬間、希望を取り戻した。

「かゆーい。かゆーい。とっても、かゆーいぞ」と言った。

若ニーロは斜視の小さな目を、葉の茂ったクルミの木のてっぺんの方に逸らしていた。

「じゃあ売らなくちゃなんないね、父ザン」と、ぽつりと言った。

老ニーロが木に登っている所に出くわすたびに、医者は説教した。

「おい、じいさんよ。もうそんな仕事する年ではないのがわかんねえのか」

「おれがやらなきゃ、だれがやるんかい」。素直に応じた。

「息子さんさ。何のためにお前、息子可愛がって育ててんのかい」

木のてっぺんから、息苦しそうな溜息が漏れてきた。老ニーロは形のくずれた膝が胸のいちばん出っ張ったところに、がくんとめり込むような感じがして言った。

「子供は役立たずですよ、先生。ヤツの足にはどこの悪霊が憑いているのか、しょうもなく、かゆい、かゆいと言うようになっちまって」

「試しにクツはかせてみなさい」

クルミの木のてっぺんから心地よい枝葉の間を抜けて、また息苦しそうな溜息が降りてきた。

「こちら、食うや食わずの生活ですからね。お医者さん。お分かり下さいませよ」

医者は離れ際に言った。

「いいか、じいさん。今日はわし、検死を二つやんなくちゃならなかったぞ」

老ニーロは今でもはっきり思い出す。キンティンは足が動けなくなったある日のこと、自殺に追い込まれたのだ。優れた「クルミ叩き」になるには、自分の手の指のように脚が強くて、柔軟で、素直でないといけなかった。キンティンは動作が鈍かった。自分でもそう信じているくらいの鈍さだった。カミさん運に恵まれなかったチューチョが遭遇した事件は誰のせいでもない。老ニーロは口を酸っぱくしてチューチョに言っていた。「クルミ叩きやってると、十月にはワインがたらふく呑めるぞ、お前」。チューチョは、ほいきたとばかり、唄うようにして酔っ払って木に登り、不器用な手つきでめちゃくちゃにクルミの木を叩き続けていたが、ある日、クルミの木はまるで聞かん坊の子馬が後ろ足で立ち上がったようにチューチョを跳ね上げ、ひっくり返してしまった。チューチョの死体を発見したのは、旅館屋の雌イヌのネリーだった。厳しい冬のオオカミのように遠吠えしていた。老ニーロが現場に駆けつけた時、折れた細枝の先からは樹液が滲み出したばかりだった。古木の高い枝は無残にも擦り切れていた。

老ニーロは夏になると、チューチョの転落死を思い出した。特に月の光が小屋の窓から差し込むような晩、チューチョの事件を思い出して、老ニーロは眠りを妨げられた。若ニーロは老ニーロのそばで、口を開けていびきを掻いていた。ある晩、老ニーロはマッチを擦って、炎を息子の口元に近づけた。ミツクチの唇の先はまるで生まれ立ての小鳥の羽のように赤く、呼吸のたびに振動した。老ニーロは振動するミツクチの唇の先を一時間近くも夢中で眺めていた。マッチがなくなった時、老ニーロはワラの上に横になって独り言を言った。若ニーロのやつ、なぜ底なしにものを食べるのか、なぜ切れ長の目がいつも飢えているように見えるのか分かったぞと。

七十九歳になった時、老ニーロは脚に不安を感じた。それでも夏が終わると、クルミの木に登って木を叩いた。しかしこむら返りが二回起こり、一本の木を叩き終わった後、小屋まで歩いて帰る力が残ってなかったので木の根元で横になった。木の高いところにいると、時々居眠りしては、若ニーロが高い木の上で疲れ知らずでクルミの木を叩いている夢を見た。夢の中の若ニーロは大天使〔天使の長、黙示録では地獄軍と戦う天使の軍の長。二枚の翼、槍を持っている〕のように力強く勇ましかった。これこそ老ニーロが若ニーロに求めた理想像だった。清々しい朝まだき、刈り取りの済んだ畑でハトがくうくうと優しく鳴いて、老ニーロは目を覚ました。老ニーロは腿、ふくらはぎ、脇の下が痛くてたまらなかったが、また木に登った。木のてっぺんまでくるとしばらく動きを止め、小鳥たちのその日の初めての飛翔をじっと眺めていた。老ニーロの脚はクルミの木の太い枝に危なげに固定されていたが、日が登るにつれて次第に緩んでいった。しかし老ニーロはこのことにまだ気付いていなかった。しかし老ニーロは虫の知らせで、自分の命の終わりを予感していた。この前、本格的な冬となり、風邪を患って治った時、これは生涯最後の風邪だと悟った。それから二日後、老ニーロは足に力が入らないので小屋まで歩いていくことができず、いよいよ最期の時が来たことに気付いた。息子にはその時何も告げなかった。告げたのはずっと後になってからだった。

その年、クルミは八月の初めに実り始めた。毎朝、老ニーロは小屋の入り口に立って、クルミの実を食べるネズミトリ鳥の群を追い払っていた。この鳥は小さいが、形に似合わず、クルミをどんどん食べ尽くしてしまう強欲な鳥だ。老ニーロは当初、この鳥を大したことあるまいと思っていたが、憎むようになってしまった。クルミ叩きの季節が到来していたが、老ニーロの足はすっかり動かなくなっていた。若ニーロは老ニーロがズボンの裾を膝まで捲り上げて、脛《すね》を太陽に当てているところに出くわした。この時、老ニーロは、太陽だけが奇跡を起こせると信じていた。それを見た若ニーロは老ニーロに言った。

「かゆいのか、父ザン」

「かゆい、かゆい」と老ニーロは言った。

若ニーロは老ニーロの上に身を屈め、さも愛おしそうに老ニーロの足を摩《さす》っていたが、摩りながらそのまま眠ってしまうのだった。夢うつつ、若ニーロはクルミの木の高いところでクルミの実がぷちっと音を立てて枝から離れ、下草の上に落ちる柔らかい音を感じていた。夢の中、神様のお作りになった作物を間近で見る喜びを感じていた。しかし毎朝老ニーロが収穫するクルミは減り、せいぜい二ダース位になった。しかも半分は中身をクリミガとネズミトリ鳥に食い荒らされていた。

ある朝、老ニーロは村のガキ共四人がかりでクルミの木を揺さぶっているのに出くわした。老ニーロは小屋のドアのところに出て、木の小枝を振りかざして威嚇した。子供たちは逃げて行った。息子はワラの上で眠っていた。老ニーロは息子を起こした。

「登んなくちゃなんねえ。それしかねえ」と言った。

「登るのかい」

「そうだ、クルミの木にだ」

「クルミの木にだっデ」

「ああ、そうだ」

「先生言っデダ。神ザマのヅグったもの、みんな素晴らしいんだっデ。父ザン。神ザマがせっかくヅグったもの壊すのはヅミだから、ボクしたくない」

「おい、聞け」。老ニーロは言った。「神様はな、汝盗むなと教えている。あの四人のガキ共はクルミの木を揺さぶっていた。もし、今日のうち、お前が木登りして取ってくれなきゃ収穫は十ファネガも上げられないぞ」

若ニーロは切れ長の哀れな目で、老ニーロの鼻先をじっと見ていた。

「うん。ボク登るよ。でもその前に、司祭ザマにこのこと言ってこなくちゃ」

十五分たって戻ってくると、無言で小枝と毛布を手にして小屋の出口のところにやってきた。父は足を引きずりながら後ろに従った。出口の所で立ち止まった。

「ただ叩いたってだめだぞ。クルミの木にはな、叩いているのは棒切れか愛情そのものか気付かせないように叩かないといけない。カミさん運に恵まれなかったチューチョのこと思い出してくれ」

「うん、父ザン」

「どうしても届かない枝があったら、それは残して放っておきな。時々、クルミの木は実を庇おうという気を起こすのだ。無理して取ろうとすると、クルミの木に仕返しされる。このこと忘れるな。赤ん坊猫を守る母猫と同じよ」

「ワガった、父ザン」

息子への忠告の言葉が矢継ぎ早に老ニーロの口をついて出てきた。若ニーロはうるさそうに木の方へと遠ざかって行った。老ニーロは声を上げた。

「ニーロ！」父は呼んだ。

その声に若ニーロは振り向いた。叩き棒のセットを右肩の上にばらばらに乗せていた。

「父ザン、なんだい」

「いいか、よく聞いとけ。クルミ叩くのには足が肝心だぞ、腕よりもな。これはヒミツだ。分かるか。腕力ってのは、脚力が支える以上は支えることはできない。分かるか。これ、お前だけに話しておく。他の誰にも言ったことはない」

「ワガった、父ザン」

伝えるべきことは伝えたと満足の笑みを浮かべて、数分後、どれ、様子を見てこようと、老ニーロは足を引きずってクルミの木の方に歩いて行った。すると一番手前のクルミの木の下で横になり、うとうとと、うたた寝している若ニーロを見つけた。何も言わなかったが、息子の頭の下から叩き棒のセットを引っ張り出すにつれて口元から微笑は消え、むっと顰《しか》め面になって凍りついてしまった。そよ風がコロハの香りをあたりに振り撒き、クルミの木のてっぺんまで満遍なく優しく包んだ。

老ニーロが木に登り始めた時、若ニーロは、誰かといっしょにいるという感じがぼんやりとしていた。どうしようもない横着さで、クルミの実が下草に落ちて立てる微かな柔らかい音を繰返し聞きながら、うたた寝どころか、すっかり寝入ってしまっていた。目蓋を持ち上げる力はなかった。クルミの枝がめりめりと激しく軋んで折れる音と、老ニーロが地面に落ちる鈍い衝撃音をどこかで感じたが、若ニーロは動かなかった。すべての出来事は若ニーロの世界の秩序の中では辻褄が合っていた。熟した木の実が自然に落ちるように老ニーロも落ちていったのではないだろうか、ぼんやりとした意識の中で本能的にそう感じた。若ニーロは右手を前に突き出した。すると死体に触れた。本能的に一度、もう一度、ブドウの蔓《つる》のように細くなった老ニーロの足を撫でた。目を閉じたまま言った。「かゆいのか、父ザン」。しかし返事がもらえないので、父は眠ってしまったのだと思った。若ニーロは顔を空の方に向けたまま、間延びしたように微笑んだ。

終

レール（ある小説のための覚え書き）——Los railes

名前はティモテオといったが、みんなからは愛称でティムと呼ばれた。役人風の厳格さがあり、まだ若いのに年寄りじみた風貌をしていた。十二年前〔スペイン内戦＝一九三六―三九の時〕、ティムは塹壕《ざんごう》の中でスポーツの話題でエキサイトの余り、仲間と諍《いさか》いをしたが、その時はティモテオと呼ばれた。もっともその時は、お役人風厳格さの不運な風貌にはまだ全然なっていなかった。ティムの父親は足を時計の針の十一時五分に広げて歩いていた。地方財務局を退職していたが、父親はティムが武器を本に持ち替えていることを期待して帰宅した。

ティムの父親はサービス精神に富んだボーイの息子であった。ボーイは手首を切って自殺するぞと何回も周囲を脅かしたが、手首は切らなかった。なぜなら血が怖かったからだ。しかし奥さんにボーイのチップを全額家に入れるようにとうるさく言われると、じゃー手首を切るぞと脅した。それを除けばティムのおじいさんは陽気なタイプで、新婚の二年間、奥さんの食事の給仕を務めた。白いナプキンを肩から掛けて、

「何になさいますか」とユーモアたっぷりに尋ねた。

ティムの父親は生まれた時、頭が長く、やや知恵遅れだった。ボーイは驚くべきことに、全精力を子供に傾注した。『この子はキュウリみたいな頭だぞ』と言った。子供の教育のためならチップの

一部を削られてもかまわなかったが、もっとお金をと請求されると『そんなに煩《うるさ》く言うと、手首切るぞ。それで何か文句あるか』と大声を上げた。

後日、ティムの父親は財務省の役人になり、むっつりとした真面目さは高級官吏の風貌を呈していた。妻とは距離を保った。三人の子供たちにはえらい厳格さの中で教育した。ティムは長男であった。父はいつも考えた。『大物になるぞ、こいつは。どんどん出世するぞ』と。頭の中で、ボーイから始まって末は大臣で終わるという一族の向上グラフを描いた。ボーイというのは彼の父のことであった。大臣はティムの息子の息子ということになるかもしれない。フェルナンデス家は刻苦勉励して困難に立ち向かって闘う家族から成り立っていると人々が考えるだろうと思うと楽しかった。書斎でティムと二人だけになると父は言った。

「さあ、戦争は終わったぞ。父さんは憐れな退職者だ。もしお前が勉強のため、この町を出て行きたいならそれは構わないが、学費までは出せぬ。どっちにするか選べ」

その時、ティムは口ごもった。なぜならホルマリン漬けの死体を見るのは嫌であり、勉強しながら食事、食事しながら勉強するような生活は楽しくなかったからである。

「ぼく、弁護士になるよ」と言った。

「弁護士？」

「はい、弁護士です」

「稼ぐようになるまではポケットの中には一週間に五ペセタしかないのだが、それでもよいのかね」

「ぼく、稼ぐよ。稼げるとも」

そしてその時は真剣にそう思った。

六年後、父を埋葬し、きっちり埋まった墓の前で繰り返した。

「ぼく、稼ぐよ」

ティムはそれが父の思いに報いる最良の道だと理解したからである。たくさんの本の上に身を屈め、また言った。

「ぼく、稼ぐよ」


ティムのお祖父《じい》さんもティモテオ〔スペイン人の家庭では長男は父親と同名が多い〕という名前だったが、みんなはテオと呼んだ。ボーイの前はロス・カスティレェホスの戦い〔スペイン・モロッコ戦争（一八五九―一八六〇）〕で、プリム将軍〔一八一四―一八七〇。軍人・首相も勤めた。勲功により、ロス・カスティレェホス侯の爵位を授かる〕の身の回りの世話をする兵士だった。一八六〇年に自分の町に帰ってきた。右のこめかみのそばに切り傷を付けていた。残酷な物語の結果であるが、軍隊内のできごとなので別に異とすることではなかった。いつもテオをいじめる下士官がいて、炊事当番をやっていたある朝、あまりにいじめられたので、ついチクショウと口走ってしまった。聞きとがめた下士官は彼に『そこに立っとれ』と言った。テオは下士官が指示した場所に不動の姿勢で立ち尽くした。規律正しい兵卒だったからである。その時、下士官は機嫌の悪さを込め、狙いを定めてえいっとばかりに、乾パンを彼に投げつけた。乾パンの突起が右のこめかみを引き裂いた。テオは何も言わなかった。しかし町に帰ってくると自慢して語った。

「そいで、プリム将軍様が我々に言ったんだ、『軽装歩兵、着剣せよ。女王陛下〔イサベル二世（在位、一八三三―一八六八）〕万歳！』とな」

「それで、そのこめかみはどうなったんだよ」。左官工だったが、町には建築が少なく、仕事にあぶれていたテオの父親が尋ねた。

「いやー、たいしたこたぁない。ちょっと引っ掻いただけさ。戦闘が終わった時、将軍はおれに握手の手を差し延べてきたんだよ、父さん」

「プリムが、かい？」

「プリムが、だよ」

テオが帰宅して二日後に、父親は彼を台所に呼んだ。

「戦争は終わった。テオ、正業に就く時だな、お前の親父は失業しちまったぞ」

「おれ、ボーイになるよ」。テオは決然として言った。

「ボーイにかい?」

「そう、ボーイだ。将来はボーイ長になってみせるよ、父さん」

「くそったれめが。お前がまずやんなくちゃならないのは、プリムに手紙を書くことだ。こめかみなんぞは手を差し延べるべきところじゃない、とな」

「将軍はおれのことなんか思い出しもしないよ」とテオは言った。

「だって、お前に手を差し延べたんだろう?」

「そりゃそうだ」

「だったら、二、三週間前に手を差し延べた男のことを、お前、忘れちまうのか」

「それは別問題ですよ、父さん」

それから数ヶ月の後、テオの父親は真性コレラで死んだ。同じ日、ムルシア大聖堂ではコレラの完全駆逐を神に感謝するための「感謝頌《ミサ》」が行なわれていた。テオの父親の左官工は、常に人に一歩遅れを取って生きた人であった。テオは墓前に額《ぬか》ずいた。

「父さん、絶対、おれ、ボーイ長になってみせるよ」


ティムはお祖父さんのこんな波乱の人生を知らなかった。それは二本のレールのようであった。

ように二つの並行する人生であった。しかしティムはそれを知らなかった。時々考えた。『おれのようにこんなに人生で闘った者はいない』。その頃、ティムは擦り切れたジャケットに黒いアームカバーを着けていた。前歯が二本欠けていた。父親が亡くなった時のことだ。前歯については残酷な話がある。特別変わった話ではない。子供の時から、ティムは川原のピクニックでみんながカエル遊び〔金属製のカエルの口にコインを投げ入れる遊び〕をしているのを見るのが好きだった。ある日、友人のニコに言った。『おい、お前、おれカエルになって向こうに行くからな。おれの口にタマを投げ入れてみてくれ』。そして三メートル離れると、ニコが投げ入れられるように口を大きく開けてやった。タマは鉛製の円盤で五百グラムはあった。ニコは挑戦し、結局ティムの前歯を二本割った。ティムは痛くて涙が出て、上唇からはブタの涎《よだれ》のように血が出てきたが、『惜しかった、もう少しで入るところだったのにな』と言った。それ以来、ティムは性格的にも、役人のような威厳を身に付けることになった。書見台に本を置き、鉛筆の端っこを噛みながら勉強した。並木通りに面したバルコニーのそばにテーブルが置いてあった。防水カバーのメモ帳に日々の勉強時間を記した。それは刺激になった。勉強の熱が冷めた時は、とりあえずの解決法が二つあった。一つは、過去二年間の勉強の時間を合算して『そうだ、この道はしかるべきところにおれを導いてくれるはずだ』と思うこと、もう一つは、室温が摂氏二十一度に保たれ、ふわふわの絨毯、ワニス塗りの足載せ台付きの安楽椅子のある理想の書斎を想像することだった。ドーラにはよく映画の幕間に、『夏でも冬でも室温摂氏二十一度に保たれ、靴底が埋まるくらいのふわふわの絨毯、足載せ台などが欲しい』と言っていた。ドーラは訊いた、『あんた、寒がりや？』彼は答えた、『人それぞれ生きていくための温度が必要なのさ』

彼は胸部の屈伸を十回、胴部の屈伸十回、脚部の屈伸十回、脇の下の冷水摩擦もやった。ティムは脇の下の冷水摩擦を止めた日には、抑えがたい自分の意志力が衰えてしまうのではないかと思った。火鉢に身を寄せて、ゆうべ発表されたスペイン盲人協会の宝くじ当選番号を新聞で探した。『三二二』と読んだ。そして考えた。

『三二一条、二十五歳以下の成人の家庭内独身女性、そうだ、そうだ、これだ』と忙しく両手を擦り合わせると、ふつふつと満足感が広がった。『調子いいぞ』。あまり自信なさそうに呟いた。『後見』の見出しのところに本が開けてあった。端っこを噛んだ鉛筆でザラ紙に一覧表を走り書きし、『後見の組織』と書いた。大括弧をつけると、のろのろと書き付けた。『後見人、後見代理人、および家族の助言』と。

サルバドルがティムに試験日を告げて以来、彼は錯乱と興奮の中で生きていた。また両手を擦り合わせた。サルバドルは彼に言った。

「試験は目前に迫ってきたな」

サルバドルはこんなことを、コーヒーを前にして手に一冊の小説を持ち、無関心を装いながらティムに言った。

「きみはちっとも勉強しないのか」。ティムは怒って質問した。

「本を読んでいると、時に感覚が鈍くなるよ」

「なあ、おれは十二年もの間これやってる。おれ、民法、商法を空で言える。今回で七回目の人生挑戦なのだ。おれ、いったい何やったらよいのかね」とティムは言った。

「ああ。人それぞれやり方があるからな」とサルバドルは言った。

ティムは冷静さを失った。

「いやんなっちゃうな。おれ、いつも駄目人間なんだな」とティムは叫んだ。

サルバドルは彼に忠告した。

「冷静に……おれはまだ待てるよ。まだ二十二歳だから」

ティムは考えた。『二十二条か。女は結婚により夫の身分と国籍に従属するものとする』と。そして言った。

「なあ、サルバドルよ。お前、おれの才能で試験に受かると本当に思うかね」

サルバドルは心から憐れみを感じていた。友の灰色のこめかみ、力のない大きな手、不安で大きく開いた視線がサルバドルを悲しませていた。ティムはいいやつだ、しかし扉は彼の前で閉まっているのだった。

あの午後、映画館の中、ティムはドーラのそばにいて困惑していた。ドーラは暗がりの中では魅力ある女だった。しかし太陽光線の下では肌の優しさを失った。ニキビがあった。それでもティムのふだんの鬱を解消してくれた。二人はある午後、ティムが一番後ろの列の席でだらしなく眠りこけていた時知り合った。ドーラは優しい仕草で、持っていた懐中電灯の光を彼の顔に当てると言った。

「お客さん、ご気分が悪いのですか」

瞬間、ティムは自分がどこにいるのか分からなかった。

「ああ、そう……」。いきなり目を覚ますと言った。

ティムは映画館で海賊の映画を見ていたことをふと思い出した。寝入る前、片足のロジャーが『接舷!』と叫んでいた。ティムは考えた。『接舷によって損傷し、その場で沈没せる船舶は、接舷によって滅失せるものと推定さるべきものとする。八三三条』。その後眠ってしまったのだ。今、海賊船の船長は大声で言った。『ガラパゴス諸島に行こう』。そして彼はドーラの方に苦しそうな顔を向ける前に考えた。『やむを得ず寄港した場合の寄港費用は船主または傭船主の負担とする。八二一条』。女に言った。

「心配しましたか?」

「お客さん、どうかなさったかと思いましたよ。ほんと、大丈夫ですか」

ティムは席を移動し、通路側の席をひとつ空けた。

「どうぞ、座って下さい」と誘った。「映画の音響でつい眠くなってしまって」

女は彼のそばに座った。座る前に、あたりに変な人がいないことを確かめた。

「この映画厭《あ》きましたか」と訊いた。

「正確に言うと、そうではありません」とティムは答えた。

「わたしには、映画って人生で最高のものですわ。何かがなくとも生きていけますけど、映画がなかったら、わたし生きてはいけませんわ」と女は言った。

木造快速帆船はこの時、ガラパゴス諸島に到着するところだった。ティムは言った。

「勉強に疲れて、ちょっと気晴らしにここにきたんですよ」

これは二年前のことだった。その時ドーラは訊いた。

「勉強するってことはきつい労働をすることなのですね」

「少しは似てるね」とティムは答えた後付け加えた。「お名前は？」

「わたしテオドーラ。家ではみんなテオドリーナと呼んでる。だけどわたしはドーラと呼んでいただいた方がいいわ。偽名だけど」

海賊船の船長が言った。『財宝を持って前進せよ』。そしてティムは心の中が動かされた。『隠匿財宝』と考えた。『隠匿財宝は発見された土地の所有者に帰属する。もし発見が国有地、または第三者の土地でなされた場合、または偶然によってなされた場合、半分は発見者に帰属するものとする。三五一条』。そして言った。

「偽名の由来は?」

「それ個人情報よ、わかる?」とドーラは言った。

「わたしね、映画館で働きたいと思ったの。名前とか考えたの。ドーラ・サーレス、どう、あなたには驚きかもしれないけど、わたしはあちこちの映画館の入り口の所に大きい字でそう書いてあるのを見て、素敵な名前だと思ったの。それでわたしね、マドリードの会社に行ったの。そしたらね、男の人が自動車に乗っけてくれて、わたしの肩に手を回してきたの。わたし気詰まりを感じたんで言ったわ。『やめて、お願いだからやめてちょうだい。その手、静かにしてちょうだい』。そしたら言われたわ。『映画館で働くには、もうちょっと辛抱強くないといけませんね』。わたし、それで言ったわ。『わたしが辛抱強いか辛抱強くないか、お分かりになるんですか』。その人答えたわ。『私があんたの肩に手を置いてるのが辛抱できないなら、あんたは辛抱強くないと思いますね』。わたし、言ってやったわ、『ふけつ、ヘンタイ!』わたし、自動車を降りて、家に帰ってきたわ」

「どこに住んでるの」

「オルカ通りよ」とドーラが返事した。

女はティムを横目でそっと見ていた。女は男に興味を持った。それが女を驚かせた。たぶん男に興味を持ったことが驚きだったのだろう。ふと女は言った。

「あなた、手はお行儀がよいのですね」

「はあ、もちろんですとも」

「映画館の最後列に座ってる人で、その傍に案内嬢が腰掛けた場合、手のお行儀がよい人って滅多にいないわ」

四日後、ティムはまたその映画館に行った。映画スターを夢見ていたのに未練を断ち切り、スターのスポットライトのかわりに、映画館の案内用の懐中電灯のライトで満足してしまった少女の傍らにいることに癒しを見出していた。その時女に、自分が室温摂氏二十一度に保たれ、ふわふわの絨毯、ワニス塗り足載せ台を夢見ていることを語った。その後で女に訊いた。

「お年は？」

「二十四歳です。でも、そんなこと女の子に聞くもんじゃありませんよ」とドーラが言った。

「きみは性交渉ができる。遺言することができる。結婚することができる。殆どのことができる」

と突然言った。ドーラは席でもじもじと動いた。

「いったい、それ、なんの話なの」とか細い声で訊いた。

「そうですね。ほかでもない。とにかく近い将来あることを片付けたら、あんたと結婚してもよい」

沈黙した。

「結婚ですって?」ようやく女が言った。

「そう言ったよ。結婚するって」。彼は答えた。

「他の男の人はあんたみたいに話さないわ」と言って、少し顔を赤らめて付け加えた。「名前なんていうの?」

「ティモテオ・フェルナンデス。でも、ティムと呼んでくれ」

『ドーラ・ナンデス、か』とドーラは考えた後、声に出して言った。

「わたし、女の子を一人持ちたいわ」

「結構ですね」とティムは言った。

「娘にはフランス語と行儀作法を習わせましょう」。女はうっとりして、そう付け加えた。

「そうしよう」と彼は言った。

「フランス語ができて行儀作法が身についたら、肩に手を置くような薄汚い人、近付かなくなるでしょうね」

「簡単には近づけないようになるね」とティムは言って、考えた。走る船の中の通訳はフランス語の他に、もう一つ主要な外国語ができないといけないと。その後で、今朝は調子が悪くて、脇の下の冷水摩擦をしなかったなと考えた。

ティムのお祖父《じい》さんのテオは父親が亡くなるとすぐ、カフェ・スイソ〔十九世紀中葉にできた有名なコーヒー店。文人、政論客のたまり場。英訳すると「スイスコーヒー店」。五百名収容〕に就職した。カフェ・スイソにはビロード張の長椅子がいくつか、大理石の丸テーブル、時代物の石膏色の支えの上にはガス灯があった。カウンターに沿ってずっと長く金色の円管の手摺りが付いていた。カフェ・スイソではコーヒーの他にケーキも作っていた。そこでテオはダマソ君と知り合った。ダマソは貧しい家に生まれたが、生来の風格を備えていた。よく話ができ、礼儀正しく、前途有望な青年だった。テオは彼を信頼した。テオの母親は初めての汽車旅行で肺炎に罹って亡くなったばかりだった。三等車の車輌には窓ガラスもカーテンもついてなかった。テオの母親は汽車に乗ってみたいという希望を春まで待てなかった。その結果こうなったのだ。テオは独りになり、ダマソ君のところに身を寄せた。冬になると、明けてもくれてもクルトンを浮かべたココアばかり、夏になるとオルチャータ〔カヤツリ草とアーモンドを原料とする白く甘い夏の飲み物〕ばかり飲んだ。テオはすっかりダマソ君を信頼した。ダマソ君はテオを激励した。

「きみはボーイ長になれるとも。確実だよ。汽車旅行がさかんになると、町には新しく旅館もホテルもできるし、革命だよ。見ものさ」

テオは自信がなかった。

「ダマソ君、きみは教育があるし、行儀作法、態度もできているからな。きみだったら、ボーイ長になれるよ。ぼくは品位がない、態度ができてない、何もないよ。あるのはボーイ長になりたいという夢だけだよ」

「ボーイ長というのは生まれつきじゃない。自分で作っていくものだよ。これ、忘れたらいけないよ」とダマソ君は重々しく言った。

テオは謙虚に言った。

「ぼく、このココアをお客のところに持って行くことにする。見ていて悪いところがあったら、直して注意してくれないか」

ある日、テオは愛しのフワナと結婚した。組合員たちのタバコにフィルターをとりつけていた、足の不自由な娘だった。それほどの不自由さはなく、体は至って健康だった。夫婦になって数ヶ月たった頃、テオは彼女に言った。『いいかい。ぼくは口うるさくはない。しかし冬には、ぼくには小さくていいから火鉢、汽車で旅行する時にはぜひとも一等車に乗りたい。おふくろに起こったことがぼくに起こらないようにしたい。そのためにぼくはボーイ長になってみせる。ボーイ長になる。ぜったいなってみせるよ』。彼女は返事した。『決断力のある男の人って素敵よ』

結婚すると、テオは白布を肩に纏い、彼女にはきはきと『何にいたしましょうか』と訊いた。テオはこうして、機会をみつけてはボーイの研修に励んだ。ある晩フワナは告白した。足を悪くする前は歌手になりたかったと。彼女が足のことを話すのは初めてだった。彼は言った。『歌を歌うのに両足が必要だとは思わないよ』。彼女は答えなかった。急に泣き出した。そして最後に、わたし、母親になろうとしているのよと言った。『だから、泣くのかい』とテオは訊いた。『そうね。わたし、女の子がほしい。女の子には、わたしがしたくてできなかったことをして欲しいの』

ティムは足繁く映画館に通った。癒しが必要な時はいつも映画館に行った。ドーラは彼のそばに座り、癒しに努めた。ある日ドーラは尋ねた。

「ベッドはツイン、それともダブルベッドにするの？」

「ベッドは一つにする。きみに話したかどうか忘れたけど、ぼく寒がりやなんだ」

「わたしが風邪ひいたらどうする」と女が訊いた。

「応接間で眠るよ。心配しないで」とティムが言った。

入れ替えなしの上映の時だった。不意に電気が点いた。ティムはドーラにニキビがあるのを発見した。女は恥ずかしがった。このような暗がりで逢引きして三か月経っていた。女は驚いて言った。

「ねえ、あなたはわたしが想像していた人と違う人なのね」

ティムの上着は袖口が擦り切れて、ネクタイは手垢で汚れていた。二人はまじまじと、お互いこんな人だったのねというように見詰めあった。

「私が結婚と言ったのは絶対ほんとうのことだよ」とティムははっきりさせた。

女は周囲を見た。

「もしお客さんといっしょに座っているところを、わたしに気のある人に見付かったら、わたし、殺されるわ」。間を置かずに言った。「一つ言っておくけど、もしあんたがタダで映画館に入りたいと思った時は、入り口で、わたしに声かけといてと言うだけでいいのよ、わかる？」

その時、ティムはたいした訳もなく、母親と弟の『アガキ〔あだ名、本名はラモン〕』のことを考えた。『二人共我慢しなくちゃならないな』と呟いた。弟のアガキは父親が六十三歳を過ぎてから生まれた。痩せこけて病弱で、妙に素直だった。夕方の影のようにひょろ長かった。毎年誕生日がくると、ティムにケーキを作ってくれた。ティムは苛々した。

「なんて、お前いやなやつだな」

「ごめんね、ティム。兄さんをお祝いしたかっただけだよ」

アガキは泣き出した。姉のブランカが結婚する前は家に女性保護者が二人いたが、今や母親だけになった。母親はティムに言った。「アガキのことは放っておいて。なんで一日中あの子のことで悩んでなきゃいけないの」。アガキは自分が傷つきたくないからと不登校になった。母親と姉はアガキの目の前でスリップを着たり脱いだりした。彼は女の子のような男であった。ブランカがブルゴスの会社員と結婚した時、アガキは七日七晩、延々と泣き続けた。ティムはドーラにアガキのことを話したものかどうか考えた。

「ぼくには出来の悪い弟がいる」

「出来の悪いって？」

ティムは初めて女の目を真直ぐ見た。映画の休憩時間はまだ続いていた。

「弟のやつ、生まれた時から全然変わってないのだよ。ほんとに」とティムは力んで、念を押した。女は無意識に両手で顔を覆った。無邪気にニキビを恥ずかしがった。その後で素直に付け加えた。

「わたし、あんたのために火鉢の火起こしてあげるわ。そしてあんたの靴が埋まるくらいに絨毯の毛を立てて上げるわ。だから言って、ティム。いったい、弟さんの出来の悪いってなんなの？」

二十日前に裁判官試験のことをドーラに告げた時、ドーラは興奮して両手を絡み合わせた。

「まったく分からない。一生勉強し続けても、勉強を始めた時とまるっきり同じように真っ白であることに気付いている。それはぼくがよく理解しえない不可思議な現象さ」

ティムは今、書見台の上の本のページを折り曲げた。それは勉強が身に入らず、視線が書物の上に定まらず上滑りしていたある日のことだ。サルバドルが裁判官試験をごくありふれた生活上の一つの事象ととらえ、平然としている様子を見ると不快だった。試験の実施日が発表されてからというもの、ティムは落ち着かなかった。苦しい試験を七回も経てきたというのに、この実績はティムに何の落ち着きも齎《もたら》さなかった。『サルバドルは二十二歳だ』と独り言を言った。『まだ先がある。おれが初めて裁判官試験を受けた時、やつはまだ高校に入学もしてなかった』。彼の目線は曇った。「あと七日しかない」と考えた。勉強を続けようと思ったが、頭が言うことを聞かない。ザラ紙に一覧表を走り書きした。ティムにとって、一覧表は優しい逃避先であった。彼の頭は一覧表の大海と化していた。彼は独り言を言う。『一覧表は試験勉強の枠組みなのだ。これさえ持っていれば、すべてを持っているのと同じだ』。ガラス戸越しに、ちょっと外を見た。大通りのプラタナスは新芽を吹いていた。同じ季節の移り変わりをティムは十二回も眺めてきたことになる。何も変わっていない。ただ、ティムは二十歳ではなく三十二歳になっていた。春のお祭りの日々、ピクニックから帰ってくる陽気な人々の群を除いては何も変わっていない。今日、陽気な人々の群は歌っていた。

心をこめてさようなら
魂までは篭《こ》められない

そして明日になると、暢気《のんき》な人々の群が歌う。

あい、あい、あい、あい、

女は川に運ばれて行く

ティムはそれがもう一歳上だったか、それとも一歳下だったかを知っていた。しかしプラタナスはずっと同じだし、書見台の本も同じだった。そして摂氏二十一度に保たれた書斎、ふわふわの絨毯とワニス塗りの足載せ台を夢見ていた。
それからまた、人々の群は歌った。

お祖父さん、生まれた時に
買ってもらった、あの壁掛け時計

またある年、ティムはそれが一歳上か、それとも一歳下だったかを知っていた。しかしプラタナスは相変わらず同じ、本は書見台の上、摂氏二十一度に保たれた書斎、ふわふわの絨毯、ワニス塗りの足載せ台を夢見ていた。
それから人々の群は歌った。

あのグランデ牧場

わたしが住んでいたあの牧場
またある年、ティムはそれが一歳上か、それとも一歳下だったかを知っていた。しかしプラタナスはいつも同じだし、その本は書見台の上、ティムは摂氏二十一度に保たれた書斎、ふわふわの絨毯、ワニス塗りの足載せ台を夢見ていた。
それから人々の群は歌った。

あの山の上に
わたし巣をもっているの

またある年、ティムはそれが一歳上か、それとも一歳下だったかを知っていた。しかしプラタナスは依然としてそこにあり、書見台には同じ本、そして摂氏二十一度に保たれた書斎、ふわふわの絨毯、ワニス塗りの足載せ台を夢見ていた。時々ティムは見極めていた。夢見ていたのは書斎でも、絨毯でも、足載せ台でもなく、体いっぱいに太陽を浴びて、思いっきり歌が歌える『自由』なのだと。心の内で何ともいえない不安を感じた。それは漠とした無力の意識のようなものであった。サントスにはサルバドル以上に信頼を置いていた。なぜなら彼はティムと同じように机に向かって猛勉していたからである。ティムは苦悩に耐え、恐怖に耐えた。サルバドルは二人を軽蔑して言った。『きみたちは一冊の本しか読まない受験生だよ。驚きだよ』。ティムは考えた。『それは当たっている。その一冊も征服できてないよ』。サルバドルはあっちこっちと食らいついていた。科学雑誌も読むし、貴重な時間を割いて女の子とデートもしていた。ティムはせいぜい一週間に一回の休日の午後、ドーラと会うだけ。それも映画館に行くだけだった。ドーラは彼に言った。『もうすぐわたしたちにとって世界は変わるのね。そしたら、わたしを母親にさせてとあんたにお願いするわ』。お互いに尊敬しあうという奇妙な親密さが二人を結び付けていた。ティムは性の衝動を本の後ろに埋没させた。ティムは交際とか同棲とか、その他の多くのものを本の後ろに埋没させた。学生でない人、学生でなかった人と話ができなくなっていた。彼の会話はいつもそこから始まった。『学生さんですか』、『おう、驚いた。わたしはもうそんな年ではありません』、『でも、いつかは国家試験の勉強なさったのでしょう』、『いえ、とんでもないです。国家試験なんて、そんな気まぐれ起こしたことはありませんよ』。ティムは内心、当てがはずれたと思った。彼にとって、国家資格試験を通って、それで生活を向上させた人たちほど偉大な人々はいなかった。もし彼に人々の目を見る勇気があったら、すぐに受験生を発見し得たであろう。受験生たちはサントスやティムのように、少し目が大きくなり、腫れ上がり、牝牛のようにおとなしい目をしている。

サントスとは週に一度いっしょに散歩する。マドリード街道をずんずん歩いていく。骨の折れる単調さで、交互にテーマを暗誦し合った。二人はお互いに知識を披瀝《ひれき》し合い、注意し合い、相手が述べる意見の欠陥を指摘し合い、調整させることに秘かな喜びを見出していた。時々、知識の相互調整の日々、ティムはこのような形の幸福感がなくては生きてはいけないと思った。

サントスは肌が白く、髭が生えてなかった。少しくぐもった声だった。彼は決してサッカーをして遊ぼうとせず、自転車に乗ろうともしなかった。ティムはその時間がなかっただけだ。そこが違う点だった。ティムはサントスを好きではなかった。ただ知的感銘の交歓が気に入っていた。そんな場合、サントスはティムの目に再評価されて映った。なぜならばティムと同じく、欠陥があり、限界があったからだ。スポーツマンタイプで独立心があり、直感力もあるように見えるサルバドルのようではない。サントスは二年前、裁判官試験に落ちた時、ティムの前に現れた。学校卒業以来だった。ティムとサントスは卒業記念にいっしょに写真を撮った。あの日、ティムは考えた。『おれ、世間ではひとかどの人間になったな』。自分が世間でまだ何者でもないと気付くのに、十年の歳月を経過せねばならなかった。サントスはあの日言った。『あの写真屋のやつ、おれの唇をまるで少女のように写したよ』。しかしサントスは写真写りがよいだけで、少女の唇のことは修整が原因だったのだ。裁判官試験に落ちてティムと会った時は少女の唇はなく、短く引き締まった真一文字、つまりそっけない反抗の線があるだけだった。ティムはサントスに言った。

「たぶん、おれのこと思い出せないと思うが、お前とおれは三年間学校でいっしょに勉強した。一つ証拠がある。お前はおれに言った。『刑法学部への入学は保証されているよ』とね。おれは今日のことのように覚えているよ。そのあとそう言ったやつはすれすれで及第して、おれの許から去って行ってしまった。憶えていないか？」

彼の表情は微笑んでいた。それとも苦笑を描いていたか。たぶん両方だった。

ティムは言った。

「サントス、なあ、おれはお前のこと忘れるもんかね」

サントスは応じた。

「八年ぶりにおれと会うのは不愉快なんだな。そうだろう？　当たり前の話だな？　おれ、まだ学生気分から抜け出ていなかった。他のやつらはもっとついていた。だけど人生なんてそんなもんよ。お前、ルイス・ベルトラン覚えてるかい？　六年前からあいつ判事やってるよ。『そんなのありうるかね』とお前は呟くだろう。秘密証書遺言と自筆証書遺言の区別もつかなかったやつが判事になったんだよ。有力なコネのせいだと今更言ってみたところで、そんなの関係ないよ。コネなんてどこの社会にもあることだからな」

その後で、サントスは腰をおろして寛いだ。そして恨みつらみを吐き出した。ティムは楽しくはなかったが付き合った。受験闘争に挑む仲間の声を聞くことほど、ティムにとって慰めとなるものはなかった。そんな時ティムは呟いた。『おれは独りではない』と。後日、サントスとの週一回の散歩が始まった時には、すっかりその厭味な口振りに慣れてしまっていた。

　ある午後、家賃契約書の法的効果について二人は議論した。サントスは議論に熱中のあまり、自分の母親が侮辱されたかのように怒ったことがある。別れ際、サントスは言った。『もうお前とは議論したくないよ。そのわけは、お前はおれの唯一の友人だからな』。ティムは言った。『おれは保証金のことを言っただけじゃないか』。サントスはティムを遮って、『もうよい。また蒸し返したいのか』と言った。

　またある午後、ティムはふだんから考えていた、より真面目な意見の一つをサントスに披瀝した。時々ティムは、ある意味で派手で突拍子もないアイデアを思いつく。『おれは科学的な理論を発表したいのだ』と言ってはみたが、その後で気後れを感じた。できれば唾を飲み込むように自分の言葉を飲み込みたかった。そのあとで付け加えた。『その理論は、性格は違うがマルサスの法則に基づいているのだ』

「せっかくだから言ってみてくれ」とサントスは答えた。

「簡単に言うと、人口は幾何級数的に増加する。一方、利益を生む仕事は算術級数的にしか増えない。そのうち、十人の能力ある人々が一つの職を求めていたずらな競走をする日がやってくるよ」

サントスは少し赤面して沈黙を保った。彼はティムの理論を熱心に考えていた。『それはティム・フェルナンデス理論だな』。サントスは心の内でそう呼んだが、それを口に出してみると、それが空ろで面白みのないものに思えた。サントスの返事にティムは少し恥ずかしくなった。『その理論は我々みんなが何らかの形でやってきたことだよ』。それはティム理論の二番目の失敗であった。知り合って数ヶ月のドーラにこのことを話してみると、女は『幾何級数的って何？ ティム。真面目な話、わたしね、女の子が欲しいのよ。そしてフランス語を教えて、行儀作法を教えたいのよ』と言った。

またある午後、サントスは長い間考えた後で言った。『きみはベルトランは役立たずだが才能は持っていると言ったけど、民法典、第一部第二章において、後見と養子縁組を混同するようなやつは彼の他に誰がいるのかね？』ティムは答えた。『ベルトランはよい判事になるさ。彼は個性を持っている』。サントスは苛々した。苛々するとややこしく手を絡ませる。『ちぇっ、個性だなんて。個性が求められるような裁判所なんて世界のどこにあるのかね。そんなの一つもないぞ』

ティムのお祖父さんのテオは、ダマソ君が繊細さと、魅力と、微笑でカフェ・スイソの丸テーブルの間を立ち回っているのを見て思った。『ああ、おれの地位が奪われる。おれの地位が奪われる』と。彼を羨ましいとは思わなかった。むしろ尊敬を感じていた。ある午後、テオはダマソ君に言った。『もっと頻繁に汽車が通るようになってホテルなんかができたら、お前、そこのボーイ長になれるな』。ダマソ君は笑い出し、『お前だって、希望を失うことはないよ。人はそれぞれやり方があるからね』。テオはダマソ君に尋ねた。『ボーイ長に要求されるのは丁重さと機転だけかね』。ダマソ君は答えた。『英語を少しかじっておいた方がよい。鉄道ができると観光業が発達するからね』

テオは古本屋でアラン・シーラーの英文法の本を買った。毎晩寝る前、ちょっとの間勉強した。フワナ夫人は、シーラー文法書の舌の格好を示したイラストを見ながら、汗かきかき一所懸命発音の練習をしているテオを見ていた。とりわけ汗は下士官の投げた乾パンでできた、右のこめかみの引っ掻き傷のところが著しかった。

しばらくしてフワナ夫人は男の子を産んだ。フワナは足が不自由だった分、お産は努力を要した。女の子ではなく男の子で、しかも頭がキュウリの頭の形をしているのを見て、驚いてヒステリーの発作を起こした。テオにチップ全額を家に入れるようにと請求し始めた。テオはいつも言った。『そんなに追い詰めるなら、おれ、手首を切ってやるからな。それで文句あっか？』と。

『歌姫トルトリータ〔キジバトの意〕』は秋になるとカフェにやってくる。

今日、歌を歌った。

ビウエラ[1]とセギディリヤ[2]

のリズムに乗って
若者たちと娘たち
四列になっていくよ。

（1）＝六弦からなる弦楽器
（2）＝アンダルシア地方の三拍子の舞踊

テオは一歳上だったか、それとも一歳下だったかもしれないが、長椅子はずっと変わらなかった。
大理石の丸テーブルの上にはココア、そして彼はボーイ長に辿り着く夢をみる。
あした、『歌姫トルトリータ』は歌う。

あい。ママ、悪い人が、
夜、わたしにいうの、
ボクの恋人よ、あなたは美しい
ボクの星になって下さい、と。

テオは一歳上だったか、それとも一歳下だったかもしれないが、長椅子はずっと変わらなかった。

大理石の丸テーブルの上にはココア、そして彼は益々大きな情熱でボーイ長を夢見る。

それから、またその後『歌姫トルトリータ』は歌う。

娘さん、海辺でフトモモ
見せなさんな
岸辺にゃたくさん
フカがいる。

テオは一歳上だったか、それとも下だったかもしれないが、周囲はまったく変わらなかった。そしてテオはボーイ長の職を熱望し続けた。

ある日、女王様通りにホテルの建設が始まった。テオは息せき切って家に帰った。

フワナ夫人が迎えに出てきた。

「ね、テオ、プリムが殺されたわ」〔正体不明の暗殺者の銃撃により、一八七〇年十二月三十日、プリム侯爵死す〕

「えぇっ」

「トルコ通りでよ。ならず者たちの仕業よ」

「えぇっ」

テオはぐったりしてテーブルに寄りかかり、少しの間、泣いた。『モロッコで彼はおれに握手したのさ。おれの手を握った。わかるか？』自動人形のように繰り返した。そのあとで涙を拭うと、フワナ夫人に、女王様通りにホテルが一つ建設されているよと告げた。

テオは二、三日気が気でなかった。午後になると建築現場を訪れた。そんなある日、エンジェル伯爵に会った。テオは伯爵に近づき、新しくできるホテルのボーイ長になりたいと希望を述べた。

エンジェル伯爵は言った。

「それはきみの問題だね。私は建物を建てる。建て終わったら、誰にも気付かれないように立ち去る。それだけさ」

同じ日の午後、ダマソ君はそのイギリス人がどのようにして立ち去ったかをテオに訊いた。テオは憂鬱になっていた。『「potato《ポタト》」と書いてあるのに「potato《ポテイトウ》」と発音しなくちゃいけないなんて、頭のどこに入れたらいいんだ』と答えた〔スペイン語はほぼローマ字を読むように発音する〕。家に帰るとシーラーの英文法書を前において、諦めたようにフワナ夫人に言った。『人は一生かけて勉強する。その挙句、勉強を始めた日とまったく同じように、頭には何ひとつ入ってないのに気付くのだ』

それは二本のレール、平行する二つの人生のようであった。しかしティムはそれを知らなかった。

ボーイをしていたお祖父さんのテオも、八十年後にそんなことが起ころうとは予感さえもしなかった。

ティムは一所懸命本に集中した。クルミを割るようにコキコキと指の骨を鳴らした。古ぼけた書類入れから一枚の一覧表を取り出した。

- 相続
  - 世襲相続
    - 概念（細目）
    - 方式（形式）
      - 個人主義者
      - 社会主義者
      - 法律（原則）
      - 遺言（書）
  - 遺言（書）
    - 概念（細目）
    - 資格喪失
      - 14歳
      - 束縛
      - 意識明瞭時
      - 改変可能性と個人性
  - 等級（分類）
    - 自筆
      - 自筆
      - 成人
      - 日付
      - 署名5年（10日）
    - 公開（開封）
      - 公証人と証人（証言）
      - 音声による読み上げ
      - 耳の不自由な人　本人（に直接）
      - 目の不自由な人　音読2回
    - 封書（密封）
      - 密封書類
      - 署名のある公正証書　密封されていない証拠書類（物件）

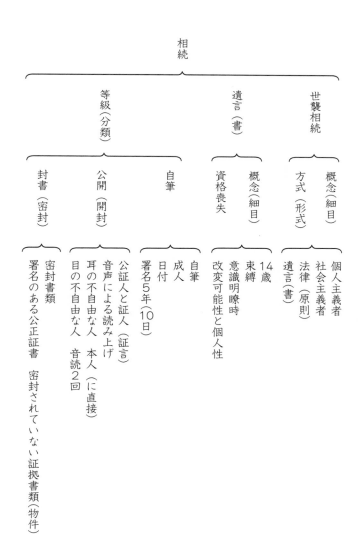

一覧表にざっと目を通し、続いて両目を閉じて、静かに唇を動かして繰り返した。一度もつかえなかった。毎日十時間、十二年間勉強し続けてきた。十二年間、毎日十時間続けているのだ。椅子から動こうとはしなかった。彼の頭脳は法律のスポンジであった。しかし物事を組織化させる力が欠けていた。同化させ、組織化させる能力が欠けていた。鉛筆を噛んだ。太陽は天頂に達していることだろう。しかしティムが書見台から目を離す前に太陽は没することであろう。ティムはそんなことなど考えてはいなかった。彼の神経と内臓は毎日の勉強にぴたり調節されていた。目に見えて痩せてきた。彼は午後、時々裸になって、鏡に映る自分の胸の真ん中の胸骨が踊っているのを見て、痩せているのに気付いた。彼はそれを重要視してなかった。脂肪は受験生にとっては邪魔である。自分の繊細な敏感さも問題視しなかった。受験生は神経が図太くなければ試験に耐えられないだろう。そんな図太い神経があった上で努力を積むべきなのだ。ティムの食事は少なかった。落ち込んだ時や疲れた時は興奮剤を飲んだ。サルバドルは彼に言った。『おれ、薬飲むとしたら眠り薬だね。そんな不眠を長引かせるような薬は飲まないね』。サルバドルは切りそろえた金色の口ひげをひけらかせていた。あれで大学生のころは学生コーラス隊を組織して、バンドゥリア〔ギター似た六複弦の楽器〕を弾いていた。女の子たちは、サルバドルの金色の口髭、闊達《かったつ》なバンドゥリアの弾き方がステキーと黒マント〔学生コーラス隊の制服〕にテープを投げた。ティムは色テープを持ったことはなく、バンドゥリアは一度も弾いたことはなかった。ドーラを除けば、応援してくれる女もいなかった。ティムは眠っていても法律の糸を紡いでいるような夜もあった。夢の中でふと良いアイデアが浮かぶと、目が覚めた時、それを勉強に役立てた。頭痛持ちだったが、よいアイデアが閃くと頭をよく使っている証拠だと判断し、納得した。時には自分自身を刺激し、自戒するため、声に出して勉強していた。ことがうまく運ぶ日もあった。ティムはいじくり回した自分の本を、一種の親密さと優しさで敬っていた。本の著者は他の著書を引用しているが、そんな時ティムは試験に受かり時間ができたら、引用してある他の著書を楽しみだけのために読んでみようと考えた。怠惰な日には、試験に受かったら今まで読んだ本など二度と読むまいと思った。サントスは別だった。マドリード街道である午後、ティムに言った。

「コサックの手形法要論〔ドイツ新商法論1－4巻〕、きみ知ってるかい」

「もちろん」

「あれ、素晴らしいね」

「契約の概念を拒絶するものだね。片務性に基礎をおいているが、きみは賛成するのかね？」

「そんな過激な姿勢を受け入れるには理解力と勇気が要るね」と、サントスは情熱を込めて言った。そして更に付け加えた。「おれたちは主要国に住んでいるけど、なぜ偉大な概念は外国人の頭にしか浮かばないのだろうね」

ティムは言った。

「ガリーゲスがいるじゃないか」〔ホアキン・ガリーゲス（一九三三－一九八〇）。弁護士、政治家。作者はガリーゲスに法律を学び、論理的な文章作成術を学んだとしている〕

「ガリーゲス、ガリーゲス……」とサントスは言った。

「ガリーゲスは最高だとサルバドルは言ってたよ」

「サルバドルはいい加減なこと言うよ」とサントスは言った。そしてティムはびっくりした。「サルバドルは直観力のあるやつだと皆が思っている。夜はしゃかりきになって本を読んでいる。女の子たちとはよくふざけ合う。睡眠は四時間。そんなのは健康生活とは言えないな」

ティムはなんとも言えない感情を経験した。

「きみ、誰からそんなこと聞いたのかい」とティムは訊いた。

「誰が何を言ったか、と訊いてるのかい？」

「サルバドルが夜通し、くたくたになるまで勉強してるってことを、さ」

「おれ、この目で見たのさ。朝の五時に、やつの部屋のバルコニーには明かりが点いていた。ちょうど、おれが駅から帰ってきた時だった」

「へえ、ほんとかい」とティムは言った。

ティムはせわしく本のページを繰ったが、サルバドルのことが頭から離れなかった。上の空で食事をした。『心の中』で今日の出来事を反芻していた。いつもこんな風にして食事していた。母親とアガキは滅多にこの静寂を破らなかった。その家では、話されるべきことは十分話し尽くされてしまっていた。日が暮れかけていた。ティムは自在アームのスタンドの電気をつけた。丸い光の輪ができていた。本のページは白く輝き、勉強せねばと駆り立てていた。ティムは本の中に戻った。『所有』と声に出して言う。声に重みをもたせて、『チクショウッ』と言った。もう十二年このかた『所有』を忌み嫌っていた。それは非情なテーマだ。『所有』は指の間から零《こぼ》れ落ちてしまう、捕らえどころのないテーマだ。所有権、賃借権または使用権のようなものではなく、論理的で明確な原理である。『所有』のテーマの勉強をすると、ティムは雲の中を歩いているような感じになった。『使用権、賃貸または所有権でなければ、誰が所有するのか』といつも言っていた。今度は呟いた。『サルバドルは卑怯なガリ勉だ』。言葉の意味がなかなか頭に入ってこないので、それを打ち破ろうと注意深く声に出して読んだ。その時、ドアのノックの音を聞いて、びくっと震えた。アガキだった。「ティム」と言った。「ティム」と言って、泣き出した。

まるで、ドアにへばりついたコウモリのようであった。痩せて細長い腕。小びとの耳たぶのような、ふにゃふにゃの耳たぶをしていた。ティムは立ち上がった。

「何事だい？」と言った。「話してみろよ。何が起こったんだい？」

「ボクはこの家の中で腐ってしまうよ」とアガキが言った。「ママを説得しておくれよ。こんな穴倉に何年間も閉じ込められて生きてるより、外に出て死んだ方がよっぽどましだよ」

アガキの瞳は自動人形のように上がったり下がったりした。

「お前、いくつになったのかい」とティムは弟のか細い首筋を撫でながら言う。

「十七歳だよ」とアガキは言った。兄への期待で泣き止んでいた。しかし泣きじゃくりしては時々ティムに胸を押し付けていた。

『十七条』。ティムは考えた。『スペイン人たる要件、一、スペイン領土内で生まれし者、二、スペイン領土外でも、スペイン人を父または母として生まれし者。三、外国人にして……』

ティムは言った。

「なあ、お前。何か淋しいことがあるのか」

アガキは顔を赤らめた。ティムはまた言った。

「女の子の問題なのかい?」

アガキは勢いをつけて言った。

「ボクは他のみんなと同じような生活がしたい」

「おお」とティムは言った。「お前は体が弱い。昔から弱かった。二回ほど死にかけたことがある。お前、それを誰よりも知っているだろう」

アガキは言った。

「死んだってかまわないよ。以前に兄さんに言ったことあるだろう? もし母さんに言ってくれないなら、家出する。そうすると、兄さんも母さんもボクのこと何もわからなくなるよ」

　途切れ途切れの声の中に、小さい弟の高ぶった決意が表れていた。ティムの少し曲がった背中に寒気が走った。

「女の子といっしょか？」と尋ねた。

「女といっしょなもんか。ボクは家出するさ。ただ、それだけだよ」。アガキは言い放った。

　ティムは指の骨をぽきぽきと鳴らした。

「ああ、いいとも」。辛抱強く言った。「そのこと考えとくよ。だけどそれ、ぼくの試験が終わってからでいいだろう」

「そんなのだめ。明日でなきゃ、ぜったい駄目」とアガキは言った。

　一人になるとティムは考えた。一生のうち、こんなに本に集中しなくてはと思ったことはないと。『あと七日しかない』。苛々しながら独り言を言った。だがアガキの問題はティムと書見台に乗っている本のページの間に入り込み、集中を妨げていた。彼は声に出して読み始めた。この方法で勉強すると失敗は少なかった。しかし今日は、音読は十分効果を発揮しなかった。両手を絡ませて、光の輪に近付いた。『所有は物または権利において行使される、所有は物または権利において行使される』と繰り返した。『わー、権利！』大声で言った。その後で『しまった、こんな大声出すなんて、バカな』と言った。その後で考えた。『サントスのやつ、机に向かって一所懸命になっているだろうな。明日、このテーマをやつにぶつけてみよう』。悪い夢のような感覚があった。ティムはギア付きレース用チューブタイヤの自転車を道路上で激しく漕いでいた。しかしチェーンが付いてないのだ。サントスとサルバドルが、サイクルロードのペダルを軽々と漕いでティムを追い抜いて行った。『ティム、お前、一分だって無駄にするなよ。時は金なりと誰かが言ってるぞ。お前の時は金以上だぞ。ティム、お前はバカだよ。このことに気付けよ』。ほとんど叫ぶように独り言を言った。

その少し後、起きて夕食になった。彼の胃は煮えたぎっていて、吐き気さえ催した。アガキがおれから目を逸らせた。おふくろと衝突している。おふくろは殆ど頑固おばあさんなのだ。ティムは考えた。『母親に対し食事を拒否することは、相続資格剥奪の正当な理由となる。サルバドルはきっとこんなことは知らないだろう』。急に母親が言った。

「ブランカに赤ちゃんが生まれるわ」

「そうか」。ティムはとても悲しそうに言った。

「赤ちゃん、嫌いなの?」殆ど頑固おばあさんのおふくろが言った。

「生まれるってこと、ぼくには特別興味深いこととは思えませんが」とティムはうんざりしたように言った。彼は考えた。『お世継ぎだよ。ぼくの義兄のアンヘルは、もうすぐ親権を行使し始めるだろう。アンヘルのやつ、親権に付随する義務があるのを知っているのだろうか』

勉強に戻った時、ティムは気力を失っていた。『ママと話をしなくちゃならない。でなきゃアガキは家出してしまう。ああ、サントスにはこんなに煩《うるさ》い人はいないだろうなと思う。ああ、もうたった七日しかない。「所有」は面倒なテーマだ。サントスのやつ、今日は何時間勉強したのかな』。本能的な動きで、ゴム製カバーの手帳を見た。『八時間』と声に出して独り言を言った。『これは嘘っぱちだ。今日のところは、おれはまだ四時間しかやってない』。急いで考えた。『十一時だ。まだこれから三時間やれるぞ。第三条、これに反する規定のない限り、法律は遡及的効果をもたないものとする。サルバドルのやつ、試験委員長に「受験生さん、第三条は？」と言われたら、やつはどう答えるだろうか。金色の口ひげが抜け落ちて、女の子たちの笑いものになるだろうな』

この前の土曜日、フワナ夫人は、テオが休みのたびに友達といっしょに過ごすのは我慢できないわと言ってケンカになった。『壁とにらめっこしてるのつまらないわ』とテオに言った。テオはフワナ夫人を宥めようと思った。『子供がいるじゃないか』と言った。夫人は窓辺に近寄ると、スカートの裾を指差した。その後で、子供はわたしたち二人の問題よ。座っていると、こっちの不自由な方の脚が痛むのよと言った。テオは返事しなかった。食器棚からお盆を取り出すと、水をいっぱい注いだコップとビネガーの瓶をお盆に乗せ、廊下を体操の歩調で回り始めた。フワナ夫人は怒った。

「なによ、それ何の真似？」

「練習さ」とだけ答えた。

「バカ、バカ、ちゃんとあんた仕事持ってるじゃないの」

テオはお盆を高く掲げて、廊下を回り続けた。何も言わなかった。腕が疲れると夫人のそばに座って、

「こんどの木曜日に、大通りでボーイの競技会がある。女王様通りのホテルマンたちがやってくるのさ。これチャンスなのだ」と説明した。

その日の朝、ダマソ君に『オルチャータをこぼさず、ビネガーの瓶を落とさずに一番早くゴールインした人が勝ちだよ』と言われた。フワナ夫人は「バカバカしい」と言った。

謝肉祭の最後の日の前の晩、フワナ夫人はテオに、イワシの埋葬〔イワシを焼いて食べるお祭り〕に行こうとしつこく言い張った。テオはしぶしぶ同意した。それには顔を真っ白に塗って、女の服装をせねばならなかった。彼はワインを飲み、したたかに酔って帰ってきた。翌日、仲間たちといっしょに競技のスタートを待っていた時、自分に言い聞かせた。『落ち着け、テオ、落ち着かなくては誰も何も得られないのだ』。しかし前日のお祭りのせいで脈は乱れた。これは自分の意志の力では抑えられなかった。脇にいたダマソ君はテオに言った。『あの、シルクハットを被って、葉巻を銜《くわ》えて、太った人が新しいホテルの人だよ』。しかしどうしようもなかった。ダマソ君が勝ち、テオはオルチャータを制服に垂らした。そして、おれは役立たずという感覚に襲われ、へなへなと椅子に

座り込んで膝に両肘をつき、八十分の間おいおいと泣き通した。通りがかりの子供たちがからかうのも気に掛けずに。

書見台の上には、形のくずれた分厚い本が置いてあった。左のページにはいくつか見出しが書いてある。『為替手形（続き）、裏書き』。ティムは集中していった。読んではいなかった。そこから始まるテーマを頭の中で再現させていた。時々、ティムの唇に微笑がうかぶ。順調に進行しているのだ。しかし結局またサルバドルのことを考えてしまう。ドーラは言っていた。『あんたのお友達のサルバドルは映画俳優みたいにハンサムね。とてもハンサムよ、お友達のサルバドル』。ティムは考えた。『あいつ、机に向かって猛勉中だろうな』。疲れたという仕草で、急に『それはありえない』と言った。その後で自分に言い聞かせた、『ティム、お前、そんなにモノをたくさん上に背負い込んでいては動き取れまい。バカげているよ』。しかしサルバドルのイメージは頭の中にしっかり取り付いてしまっていた。夜半の二時、不機嫌そうに書見台の上の本を閉じると立ち上がった。すると妙な立ちくらみがした。ティムは椅子の背を摑んでそのままじっとしていると、立ちくらみは収まった。『おれは怠け者だ。雪の日のスズメのように無気力だ。裁判官試験の委員長は奥さんのかたわらで、生まれたばかりの小鳥のように大口開けて眠っているだろうな』と思った。

家の中は深い静寂があった。ティムの足の下で寄木造りの床が軋んだ。やってはいけないことをしているという考えに取り付かれて前に歩いて行った。外に出ると開放感を感じた。夜気は暖かかった。街路は人影がなかった。高い空には星が輝いていた。西の方はネオン広告のために空が黒かった。老人がスーツケースを重そうに抱えて駅の方に向かって歩いていた。ティムは老人に言った。

「お持ちしましょうか」

「ありがとう。お若い方」と老人は言って、スーツケースを地面に置いた。ティムは自分の体を動かす毎に満足感を覚えた。尋ねてみた。

「この中、本ですか?」

「わたしの息子の本です」と汚れたハンカチで汗を拭いながら老人は答えた。

「息子さん、お勉強ですか?」

「はい、裁判官になりたくて」

「それは、きついことですね」

「きついとはどういうことですか?　お若い方」

「受験勉強が、ですよ」

老人は立ち止まり、嫌味たっぷりにティムを見た。

「受験勉強と怠けて暮らすこととは所詮同じことさ。もし、わしが働いたとすれば、それはわしの子供が働かないですむためだ。重いですかな？」

「いえいえ、頭の中の方がもっと重いですね」

老人がうっとうしくなってきた。老人は言った。

「どういうわけだか存じ上げないが、受験生はさも自分が重大な仕事をしているのだと見せかけようとするきらいがありますな」

ティムは、どん、とスーツケースを地面に置くと、尋ねた。

「あの赤いランプが見えますか？」

「はい」。老人が言った。

「あれが駅です」

「そうですか。助けて下さってありがとう」

「では、また」とティムは言った。

サルバドルの家に電気が点いているのを見て、これにはがっくりきた。『二時半だよ』。彼は考えた。その後で独り言を言った。『こんなに夜遅くまで起きているのは、ひょっとして、サルバドルの親父さんじゃないのかな』という疑問が彼を襲った。『とにかく、確かめてみよう』と考えた。中二階に通じている柱にしがみ付き、思いもかけない素早さで正面玄関をよじ登った。さっきの老人の覚束ない足音を遠くに聞いた。『直感など誰も持っているわけないよ』と独り言を言う。期待と不安で半開きのバルコニーを見渡した。机の上に置かれた長い腕と、ネクタイの緩めた結び目しか見えなかった。視界は狭かった。顔を窓ガラスに近付けたとたん、足が滑り、バルコニーとぶつかった。その時、バカのように膨れ上がったサルバドルの目を見た。ティムの方に近付いてきた。ティムは慌てて下に降りた。手を怪我した。彼はバルコニーの開く音を聞いた。同時に夜回りの『止まれっ！』という声を聞いた。彼は公園の方に走り始めた。すぐそばのアスファルトで、先の尖った夜回りの拍子木がかちんと跳ねる音を聞いた時、眩暈《めまい》を感じた。取りとめもない幸福感が彼を支配した。拍子木は彼に当たらず前の方にころがり、サルバドルの声に刺激されて、拍子木の持ち主は後ろで「こらーっ！」と言った。ティムは、はあはあと息を切らせていた。ティムは異常な仕合せを感じていた。『きみたちはたった本一冊の受験生』と嘲るように独り言を言った。しかし狂ったような走りは止めなかった。『サントスの言うとおりだ、サントスの言うとおりだ』と考えた。公園は深い影で彼を包んでいた。ティムはベンチに腰を下ろした。急に咳き込んだ。立ち上がると、湿って静かな散歩道をゆっくりと歩いた。サルバドルも、サントスやティムや他のたくさんの人たちと同じように机に向かって猛勉しているという確証を得て、ほっとするのだった。

その晩、ティムは不安な夢をみた。時々、彼の口は薄笑いしていた。その後で訳の分からない言葉が奔流となって暴発した。明け方、夢でうなされた。Ｚａ－８１４のナンバープレートを付けたトラックに轢かれる夢だった。轢かれる直前に考えた。『八一四五条、直截の法定相続人の一部、若しくはすべての相続人の脱落は、遺言が作成された時点で生存していようと……』。それ以上考えるひまはなかった。車の車輪が彼の上を通過して、体が小さい肉片になってしまったからである。しかし彼はそれを自分の外側から、彼の体が石畳の上でばらばらにされるのを、はっきり見ていた。傷口からは血のかわりに、宝くじ当選番号発表の時のように、数字が書いてあるボールが出てきてころがった。白いヘルメットの警官が近付いてきた。警官の顔はサントスだった。その後で人が群がった。人々は警官を助けようと、散らばったボールを拾っていた。ひときわきれいな娘が一所懸命に手伝っていた。『おまわりさん』。両目に涙を震わせ、同情を込めて言った。『ここに五三三番がありますわ』。そしてティムは外側にいて考えていた。『五三三条。地役権は積極的または消極的がある。積極的地役権は……』。いっしょに駅に行った老人もそこにいた。『おまわりさん、見て下さい。一〇三二番ですよ』。そしてティムは自分の外側で考えていた。『一〇三二条、債権が債権者と受遺者に支払われた後の残額については、遺産相続人が十分の権利を有する』。それから、みんなは警官に番号の付いたボールを手渡した。サントスの顔をした警官はヘルメットを脱ぎ、丹念にボールをヘルメットの中に入れた。『おまわりさん、一二三一番』、『おまわりさん、一〇九九番』、『八一番ですよ、おまわりさん』、『おまわりさん、一五番、吉番号ですよ』。ティムはこれらの番号に相当する条文を、全ては思い出せなかった。『試験委員長様……』。唇が震えるように口ごもった。

可愛らしい娘がその時、彼の破壊された頭骸骨に近付き、驚いて叫んだ。『あそこにたくさんありますわ。おまわりさん、一覧表で埋まってるわ』。そして少女は気の毒に思い、ボウルのように割れた頭蓋骨から、ティムが自分で書いた何百という小さな紙片を取り出し始めた。『おまわりさん、一〇〇一番』、『おまわりさん、一七一三番』、『おまわりさん、二番、わーっ、若い番号』。ティムは自分のベッドで慄《おのの》き、転げまわっていた。そこにはスーツケースの老人の顔をした試験委員長もいて、ティムに言った。『あんたはあの赤いランプが見えますかね?』ティムは考えていた。『ああ、あのスーツケース、駅まで持って行ってやればよかったな』と。

四旬節の第一日曜日、ティムのお祖父さんのテオはボーイレースに参加した夢をみた。警官たちが会場を取り巻いていた。町の美女たちがバルコニーに身を乗り出していた。大きい体にシルクハットを被り、葉巻を持った人がスタートの合図をした。テオは自分の手をひらひらさせるだけで他に何もしないのに、自分が舗装道路の上に浮上しているのに驚いた。テオは何もしないのにワシのように空中を飛んでいるのだ。初めは眩暈と恐怖を感じた。キュウリ頭をした小さい息子のことを考えた。しかしすぐに自信を取り戻し、雲のように空中に浮かんでいて仕合せだった。観衆の中から驚きの声が上がり、彼を包んだ。最初は驚きの『おおーっ』だったが、すぐに熱烈な拍手喝采になった。テオは考えた。『おれはちっとも疲れてないぞ。フワナに飛び方を教えてやんなくちゃ。可哀そうに、フワナ、不自由な方の足では片足立っておられないからな』。たいした力も入れずにテオはゴールインした。そして主催者のそばに着地した。しかし観衆は拍手をしていなかった。美女たちは軽い不審の目で、何か咎めるようにテオを見た。シルクハットと葉巻の大きな男に近付くにつれて、周囲からは段々、冷笑とざわめきが大きくなった。テオは自分が葉巻の煙に包まれるにつれて、しゃんと立っていることができなくなっているのを悟った。つまり自分の体は風船のように上に昇っていくのだ。その時、地面から重しとして石を二つ拾った。会場の笑いは轟音となった。シルクハットの男は肩越しにテオを見ていた。手には金メダルを持っていた。テオは胸いっぱいに空気を吸い、遠慮がちに微笑んだ。しかしシルクハットの男はそっとテオを引き離すと、あざ笑うような口振りで言った。

「そこをどいてください」

テオが振り向くと、そこにダマソ君がボーイの完璧な微笑を浮かべているのが見えた。テオは彼の耳に囁いた。『いったい、ここで何が起こったんだい？』『きみはお盆を忘れてきているよ』と、ダマソ君はボーイらしい完璧な微笑を崩さずに答えた。その後、ダマソ君は表彰台に進んで行った。その間音楽が鳴り、美女たちが熱烈に拍手した。シルクハットの男がダマソ君の襟に金メダルをつけて、彼を抱擁し、頬にキスした。音楽が一段と大きくなり、音楽と共に大きな笑いが起こった。

笑いはとてもけたたましかったので、ティムのおじいさんのテオはそこで目が覚めた。一八七〇年の四旬節、第一日曜日の謝肉祭であった。

ボーイのテオの孫のティムは、翌朝ぶるっと身震いして目が覚めた。しかし胸の屈伸を十回、胴の屈伸を十回、脚部の屈伸を十回と脇の下の冷水摩擦をした。これらは自分の意志を強固にする秘訣なのだ。朝食を運んで来た母親にティムは話しかけた。

「あの子はぼくとママを残して、家出してしまいますよ」

「何言ってるの、お前」

「弟のことですよ。ママは少しずつ、あの子の命を蝕《むしば》んでいると思います」

「ラモンのことかい？」

「そう、ラモンの命を」

「また、いつもの問題かい」

「そう。だけど母さん行かないで。聞いて欲しいのです」

立ち上がると、ほとんど頑固おばあさんの母親の腕にとりすがった。

「あの年齢の男の子を、カナリアみたいに篭の中に囲っておくことはできませんよ。春の良い空気があの子に害だとは思いませんけど、一度、お試しになってはいかがですか？　あの子はこの分ではお先真っ暗ですよ」

ティムは話しているうちに母親が段々と怒ってくるのに気が付いた。母親は教養のない家庭の主婦の無愛想な気性を持っていた。

「お黙り！　お前よく知っての通り、あの子は病人よ」と叫んだ。

ティムは優しく、おとなしく言った。

「ぼくは弟のためにと思って言っているのです。過大な期待に追い詰められた子供がとっぴなことを仕出かすと考えたことがおありですか」

母親は急に泣き始めた。ティムは昨晩の悪夢が思い出されて、自分も泣きたくなった。そして言った。

「ママ、あの子のやりたいようにさせましょうよ。ぼくはこの問題で落ち着けないのです。あの子のしたいようにさせましょうよ」

国家試験受験生ティムのお祖父さんのテオも、四旬節の日曜日の翌朝、身震いして目を覚ました。口が渇いていた。それに反して、右側のこめかみの傷はじくじくと汗が溢れていた。寝具の上に出たテオの目は、驚いている兎の目のようであった。

「フワニータ！〔フワナ夫人の愛称〕」と呼んだ。

「何なの？」

「フワニータ！」

フワナ夫人は足を引きずりながらベッドに近付いた。

「どうしたの？」

「来年の『イワシの埋葬』の時には、お前といっしょに行ってくれる誰か他の人を、今から探しておいてくれないか」

「そうするわ。でも、そんなに大声出して言うことではないわよ」

「おれはもう二度と女のシャツなど着ないぞ。憶えておいてくれ」

「ええ、結構ですとも」と女は言った。

「おれのかわりに、この厄介な仕事を請け負いたいやつがいたら、おれに知らせてくれ」

フワナ夫人は窓の方を見た。

「付いてきてくれる人はたくさんいるわ。心配ご無用よ」とだけ言った。

一週間の勉強のおさらいをいっしょにしようとティムがサントスを待っていると、恰幅のよい老女からメモを手渡された。『ぼくを待たないでくれ。病気になってしまった。こんな時期に大失態だよ』とメモには書かれていた。『ちぇっ』とティムは独り言を言った。そして友人の家へと歩いて行った。サントスの青白い頬に紅が射した。憔悴しているように見えた。ティムは枕元の小さな腰掛に座った。時々、頭の中に想念が襲った。『ライバルが一人減った。他のライバルも病気になってくれれば、おれ、受かるんだが』。ティムはぎゅっと目を瞑り、この不埒な考えを追っ払った。さもしい考えだ。親身になって友人の上に身を屈める。

「カゼかい？」

「カゼをこじらせた」とサントスが言った。

「そうか、しかしたいしたことはないと思うよ」

「おれ、ここから来ているのじゃないかと心配している」

「胸かい？」

「そう」

「胸が痛むのかい？」

「痛くはない。それがクセモノだ」

「胸が痛くないのはクセモノなのかい？　おれは胸痛くないよ」とティム。

「一ヶ月以上熱が続いている。自分には『明日はきっと治る』と言い聞かせているけど、この通りさ」

「何だって」

「明日は昨日より悪くなる。これはスピード競走だな」

「なあ、サントスよ。お前は暗い方ばかり見ているよ。汗をかくとよい。そして準備するんだ。六日後には我々には大勝負が待っているぞ」

「ぼくはきみの邪魔をしないよ。知ってのとおり」

「子供みたいなことを言うな。よく暖まってくれ。時に、おれ思うんだけど、病気に打ち勝つには病気に勝とうという意欲を持たないといけないよ」

「いいかね、ティム」。サントスは言って、少し身を起こした。

「なんだい?」

「ひとつ言っておきたいことがある」

「うん」

「ぼくは、サルバドルには良いコネがあるんじゃないかと疑っている」

「それ、ほんとうか?」

「いいか、ティム。ぼくも実を言うとコネを持っていた。きみにはウソは言わない。きみはコネを探さなくちゃいけない。今じゃ、受験生はみんなコネを一つは使っているよ」

「じゃ、いったい誰が試験に受かるのかね」

サントスは枕の上に体を起こし、咳き込んだ。

「コネを二つ持った人だね」と呟いた。

また新たに咳をし始めた。ハンカチで口を覆った。咳が終わると、それをティムに見せた。

「見てくれ、粘膜をやられている」

「いったい、いつから血を吐くようになったんだい」

「四年前、ひどい喀血をした。それが、昨日また血を吐いた。ぼくはもう達観しているんだ。この意味がわかるかい」

「なんだい？」

「ものごとをより冷静に見ている現在言えることは、病気になるほど価値のある試験なんてないってことだよ」

ティムはかつて、自分の痩せた胸の内側で揺れ動いている胸骨を見たことを思い出した。

「前兆は何かあったのかい？」とティムは言った。

「立ちくらみ」

「立ちくらみだって？」

「疲労」

「疲労だって？」

「それと食欲不振」

「食欲不振ね」

「そうなんだよ」

「サントス、きみなぁ」とティムが言った。

「何だい？」

「ぼくも大体きみと同じ症状だと思うよ」

「ああ、きみ顔色悪くなったね。何か少し飲むかい」

「止めとくよ。またの機会にする」

ティムはサントスの家を出て最初の角で吐いた。暗かったのでハンカチに吐いた物を取り、その後、街灯の光でそれを調べた。血ではなかった。独り言を言った。

『おれは落ち着かねばならない。もうあと六日しかない。おれは何も知らない。おれは白紙だ。なんでおれはこんなに完全な間抜けなんだろう』。車両番号Ｖａ－１２１４が通った。『一二一四条……』。ティムは考えたが、思い出せない。『何も思い出せない』。独り言を言った。『条文も出てこない』。そして考えた。『おれは病気だ。人は自分の力以上のことができない時が必ずやってくるものだ』と。

家に帰ると叫び声が聞こえた。玄関のドアを開けると、母親が狂ったように彼の襟にぶら下がってきた。

「ラモンが家出したのよ」と言った。

ティムは椅子に座ると、手をぶらんと下ろした。

「それがお前の取る態度かい。弟が家出したというのに、お前は帰ってくるなり、どさっと椅子に座り込むのかい」。母親が大声で言った。

「ぼくに何を期待しているのですか?」

「動いてっ！　何かしなさいっ！」

「ぼくは病気です」とティムは言って立ち上がった。その後「いいですよ」と諦めたように言った。

外に出ると、奇妙な脱力感を覚えた。誰かが、それとも何かが急に物事の当たり前の軌道を破壊してしまったかのように思えた。駅に行った。ホームには誰もいなかった。手にカンテラを下げた駅員に近付いた。

「一番列車は?」と訊いた。

「上りですか、下りですか?」

「どっちだっていいが」

「上りですね」。そう言って、駅員は行きかけた。

「あの」とティムが言った。「何時発ですか?」

「どの汽車がです?」

「その汽車です」

「その汽車って?」

「一番列車ですよ」

「一番早いので、あと三時間待ちですね」と額に皺を寄せながら駅員が言った。

ティムは当惑した。駅を後にして公園にやってきた。『さて』と考えた。『時間を無駄にはできないぞ。あれもこれも切迫している』。ベンチに座った。正面にはカップルが恋を囁いていた。急いで四つの一覧表を頭の中で作り上げた。しかし頭の中ではサントスのことを考えていた。すると、また気が滅入ってしまった。指の骨をぽきぽきと鳴らして立ち上がった。夜は爽やかだった。交番に近付いて行った。ドアの隙間から中を覗いた。三人の警官がタバコを吸いながら冗談を言い合っているのを見ると、決心が付きかねた。『おれのことを笑い者にするんじゃないかな』と考えると、自分は自分の考えで行動しようと決心した。時間を無駄にしてしまったという意識が彼を苦しめた。『おれは精神の平静が必要だ』。独り言を言う。『何ごとにもおれは掻き乱されるべきではない。来るなら来い。平静を失ってはならない』。自らを鎮めようと口笛を吹き始めた。『一二一四条』と独り言。頭の中はさっき出合った自動車の車両番号に切り替わった。ふと口笛を止めて、額を手でぴしゃりと叩いた。『そうだ、そうだ』と考えた。『債務履行を請求する者は、債務者に債務の証拠を示す責任を有する。これだ、これだ』。彼はほっと安堵した。遠くの塔で十一時を打っているのを聞いた。それから二時間、行き当たりばったりにあちこち歩き回り、交番に戻った。こんどは何の物音も聞こえなかった。『眠ってしまったな。起こすと機嫌悪くなるだろうな』。独り言を言った。『自分の意志に従って行動するのがよい』。すると、こんどは自分の意志など持っていないのが分かった。そして駅へと歩いて行った。上りの一番列車が通って行くのを見て、これが、自分が一週間後に乗って行く汽車だなと思った。駅にはアガキはいなかった。がっかりして家に帰った。『くたくただよ』。玄関に着くと、独り言を言った。ドアを開けてくれた母親はくぐもった声で、指を唇の上に置いて言った。

「帰ってきたよ。一人で帰ってきたよ」

一段と声を落として、

「あの子には何も言わないで。分かった？」

「何ですって？」とティムは言った。

「顔を見るといきなり言われたわ。『ぼくのこと抑え付けると、ぼく、手首を切るからね。ほんとだよ。決めているんだからね。お母さん、分かった？』って」

「お母さんはラモンに何て言ったの?」

「きっぱり言ってやったわ。『二度とお母さんをこんな目に合わせないで、ラモン。なんでも解決できるわ』って。これでよかったかい?」

「ええ、結構ですとも」と言った。「で、ラモンは?」

「今、寝てるわ」


一八七一年の冬の日、ダマソ君は病気になった。ティムのおじいさんのテオはさっきからずっと、ダマソ君のベッドのそばの椅子に座っていた。ベッドはダマソ君には寝苦しくはなかった。彼は矜持と心の平衡を保っていた。彼の静止状態の中に男とも女とも見分けぬ瞬間があった。ダマソ君の寝巻きには、きちんとした折り目がついていた。テオは考えた。『この人は死んでも腐敗しないのではないだろうか』と。新しいホテルの建設の進み具合に関心があった時、ダマソ君はまったく落ち着きを失った。そんな時、彼の目は真ん丸くなり、耳は大きくなった。期待のニュースはないかと口を開けた。テオは彼を傷つけまいと努めた。

「ことは進んでいるよ」

「どんな風に?」

「いつもと同じだけど、ゆっくりとね。だから病気を治す時間はあるよ」

「へーっ！　ぼくはもうだめだよ。きみの邪魔にはならないよ」

テオは病人の上に体を傾けた。

「治りたいと思うなら、治ろうという意志を持たなくちゃいけない。医者のミンゲスさんは『治りたいと思う人しか治らない』と言っているよ。この場合、意志は最良の薬さ」

ダマソ君は言った。

「ばかな」

時々テオは考えた。もしダマソ君が自分と競争する状況にならなければ、新しいホテルのボーイ長には自分がなれると。しかし競争しないで勝つような予感がして、気分は晴れなかった。同じ武器と同じ条件で勝負したいという、中世の騎士の高貴な考えが浮かんだ。コーヒー店では、テオはまるで影が薄かった。ダマソ君はテオの発する言葉、作法を見張ってくれた。テオに『おい。それは恭《うやうや》し過ぎるよ』とか『決してお盆は頭の上までは上げない方がよい。あまりいい感じではないよ。ほどほどがいい』とか『奥様方、特に美人にはあまり微笑を見せないこと。常に見張っている男がいて、嫌がられるよ』とか言ってくれる人が必要だった。テオは友人のダマソ君の病気に心を痛めた。ダマソ君はこの病気がなければいいところまで行ったに違いない。しかしダマソ君は息切れした一握りの骨となっていた。

「建設はどんな具合なのか、話してくれないか」

「進行はしている」

「どんな具合に？」

「ゆっくりさ。いつもの通り」

テオは話を逸らした。

「ねえ、ダマソ君。たくさんいる女の人の集まりの中で、どうやって独身と既婚者を見分けるのかね？」

「においを嗅ぐのさ」

「えっ、においを嗅ぐ、だって？」

「つまり、連れの男たちの女たちを見る目でわかるのさ」

「もっと説明してくれよ」

「きみはある新しい景色を見る時、今まで見慣れてきた景色を見るのと違った目で見るだろう？」

ダマソ君は説明した。

「明らかに違うね」

「だろう？」

テオはためらっていたが、ようやく言った。

「優秀なボーイというのはきみが言うように、作られるのじゃなくて、やっぱり生まれつきなんだね」

「ばからしい。テオ、素質の問題はあるかもしれないけど、でも、あとは経験を積むことさ」

ある午後、テオはダマソ君に言った。

「明日、女王様通りのビルに屋根をつけるそうだよ」

ダマソ君は歯を食いしばった。鼻翼を震わせた。視線は天井に釘付けされていた。テオは深刻さを和らげるように言った。

「ぼくはまだ、アラン・シーラー英文法は四課のところだよ」

ダマソ君は答えなかった。テオは慌てて続けた。

「英語なんて、きちがいの発明したものさ。『a《ア》』は『a《ア》』でなく、『i《イ》』は『i《イ》』でなく、『u《ウ》』も『u《ウ》』ではないのだ。ダマソ君、『奥様、これはティーカップです』ってどう言う?」

ダマソ君の目はずっと天井に張り付いたままだった。テオはさらに言った。

「ひょっとすると『This is a tea-cup, woman』じゃないかな」

ダマソ君はテオの言うことを聞いてはいなかった。急に目を閉じ、目蓋を固く押して言った。

「こんどのホテルはどんな様子かね?」

彼の眼窩には二つの小さな透明の湖ができていた。

沈黙が始まった。ようやくダマソ君が消え入るような声で言った。

「ボーイ長はきみのものだ。残念だけど、ぼくは……」

テオは疲れきって家に戻った。フワナ夫人は外出していた。赤ん坊がひとりでいた。こんなことは今まで一度もなかった。テオは考えた。『あの足じゃ、遠くに行っているはずはない』しかし倦怠を感じ始めた女は危険だという感じがした。

悪くない方の足もへし折って、動けないように椅子に縛り付けておいてやろうかとふと頭をよぎった。玄関扉の錠の音を聞いた時、夫人になんと切り出すべきか決めていなかった。そして言った。

「こんどおれが帰宅した時、お前が家を空けていたら、頭を叩き割ってやるぞ」

フワナ夫人はとたんに笑い出した。

「だまれっ！」テオは大声で言った。

フワナ夫人はまだ笑い続けていた。言った。

「わたし、脚折った時泣かなかったわ。クープレ〔二十世紀初めに流行した短く軽快な歌謡〕の歌手になるのを断念した時もよ。わたし、時々思うの。そうは見えないかもしれないけど、わたし、根っからの娼婦ですとも」

三日後、ダマソ君が亡くなった。彼の棺はお誂えの服のように、彼にぴったりのサイズだった。

粗末な松材で作ってあったが、ダマソ君の神々しい姿のせいで、棺はまるで上質のマホガニー製のように見えた。テオはしばらく跪いて、彼のために祈った。ダマソ君の居ないこれからの生活は夕ガのはずれたものになるのではと思った。棺の中の人は彼の舵取り役だった。祈り終わると、テオは立ち上がり、額に優しくキスした。自分に言い聞かせるように言った。『ぼくの恩師のきみを、神様が守ってくださいますように』

翌日、ドーラを待ちながらティムは考えた。『脇の下がひりひりする。乱暴に摩擦し過ぎたかな』。ドーラは公園への道すがら彼に言った。

「このところおかしな夢ばかり見るわ。ゆうべは丸々とした女の子を抱えていたの。お風呂に入れようと思って、ネンネコ脱いで赤ちゃんを見たら、それががりがりに痩せていたの。気味悪い赤ん坊だったわ」

「『がりがり』だって？」

「うちでは、やせっぽちのこと、がりがりっていうのよ」

目の前を公園の警備員が通って行った。

「気を付けてくれ！　本官は命令に従わないカップルはしょっ引《ぴ》いてよいという県知事の令状を

持っているぞ」

「少々お伺いし……」とティムは言いかけた。しかし急に警察の権能を思い出して〔フランコ政権下の警察権力は増大していた〕沈黙した。

「その女の子はおれたちの子供だっていうのかい」。ドーラを振り向くと言った。

「それはがりがりだったわ。わかる？　惨めにやつれて、ぐにゃぐにゃなの。夢の中で、わたし独りごと言ったわ。『これじゃ、フランス語も行儀作法も教えられないし、ドーラ・ナンデスにもなれない。全部駄目だわ』って。がっかりしたわ、ティム」

「聞いてくれ」。ティムは重大なことを言った。「きみとぼくとは、もし五日後に出る結果が良かったら、六ヵ月後に盛大な結婚式を挙げよう。もし反対の結果が出たら、きみに何と言ってよいか分からない」

本能的に指の関節をきゅきゅっと捻ると、クルミの割れるような音がした。

ドーラは言った。

「もし駄目な場合、どんなことが起こるの？」

「次の試験まで待つよう決心するか、ぼくが大蔵省に就職するか、だね」

「大蔵省って何？」

「国家の行政機関さ」

「まあ、国家って妙な意味〔「妊娠中」の意味もある〕じゃないの?」

「妙な意味?」

ドーラは意味の取り違えだったのかというような仕草をして、「別の話をしましょう」と言った。

「昨日、マルレーヌ〔マルレーヌ・ディートリッヒ（一九〇一－一九九二）。女優〕の映画封切があったのよ」

「マルレーヌかい?」

「もし、わたし女優だったら、太股とか胸とか絶対見せないわ。恥知らずよ」

「それを……見せるのかい?」

「そうよ、もっとよ。ぜんぶよ。ケダモノよ」

「ぜんぶをかい?」

「それはすごいのよ」

ティムは考え込んでしまった。急に言った。

「きみは生きるためには何が必要だと思う?」

「愛よ」。ドーラはきっぱりと強調して答えた。

「そうじゃないんだ。今はそんなことじゃない」。ティムは不機嫌そうに言った。

「じゃー、大きいお札が三枚」とドーラが答えた。

ティムは考え込んだ。ためらいの中に、口には出せない諦めがあった。

「たぶん、大蔵省の稼ぎで生活できると思うよ」

「それで、あなたの書斎はできるの？」

「書斎って？」

「あなたの書斎よ。絨毯敷いて、暖かくて、ワニス塗りの足載せ台があって」

「そうだった。切り詰めようという気があれば、野望の中に不必要なものがあることに気付くものさ」

「ティム、女の子はみんな、マルレーヌみたいに露出しなくて済みそうね」

「ぼくよりずっと悪い状況の人もいるよ」。ティムは続けた。「ぼくのともだちは重病なんだよ」

「例のハンサムのサルバドルのこと？」

「サントスだよ」。ティムは言った。「きみが会ったかどうか忘れたけど」

ティムはサントスの見舞いに行ってないことで心が痛んだ。二日後、サントスの家に行った。午前中、ティムは書見台から目を放すまいと決心した。しかし神経がティムをあらぬ方に引っ張っていて、少しも落ち着けなかった。彼のすべての知識を糾合し、同時に働かせたいと思った。頭の中では不安が掻き立てられた。時々彼は考えた。『われわれのおじいさんたちは人生というものをよく分かっていた。だから、どんな人にだって働き場所があった。自分以上になろうと誰も高望みしなかった。おれの父方のお祖父さんはボーイだった。彼を見てくれ。高望みすることもなく、ボーイとして穏やかに死んでいった』

サントスはティムに言った。

「だから試験場できみが座って〔条文の番号の付いた〕ボールを引き抜く時、すべてが変わり、きみに明晰さが戻る。きみの頭の中は三つのテーマだけに限定する。たった三つだけだよ。他のテーマはどこかに打っ棄ってしまえばよいのさ」

「ぼくは十二年の経験を積んでるよ」とティムががっかりしたように言った。

「で、きみはそうは思わないのかい？」

「いや」。ティムは秘密を打ち明けるかのように付け加えた。「ぼくが試験場でボールを手に持って椅子に座る時経験するのは、急に足が腫《は》れることだ。足が靴に入らなくなっているのだ。それは強迫観念だ。分かるかい。ぼくには、紐を緩めて、靴を脱ぐより他に解決法はない。ぼくは自分の足のことを忘れることができない。体中の血がすべて足に溜まっていくのだ」

「それはおかしい」とサントスは言った。「頭に血が上るっていう人はいるけど」

サントスは三日前の午後に比べ、もっと衰弱していた。そして会話が弾まなくなったのに気付いた時、彼は友人に良質のタバコを差し出した。

「吸えよ」と言った。「これは上物だよ」

上物のタバコには『ラ・レイナ〔女王〕、ハバナ、葉巻と刻みタバコ工場』と書いてあり、水色のガウンを着けた尊大な貴婦人像が真ん中にあり、金色の縁取りがしてあった。ティムは不安がよぎった。

「よせよ」とティムは言った。「ぼくはあまり吸わないよ」

「試してみてくれ」とサントスがしつこく言った。「上物だから」

ティムは考えた。『ぼくの痩せた胸はあまり抵抗力がない。ぼくだって……あの、がりがりなのだ。そうだ。あのがりがりなのだ』。弱々しく言い張った。

「やめろよ」

「おれがきみのこと毒殺しようとしているとでも思っているのか?」

ティムはタバコを紙に巻いて火を点けた。しかし煙は吸わなかった。サントスは言った。

「おかしいな。きみはタバコを吸うと思っていたけど、その吸い方は全然タバコ飲みって恰好じゃないね」

「おれ、煙は吸っているよ」。ティムは辱められたように言った。

そしてひと口吸った。目を瞑ると、バイキンをいっぱい吸い込んだ気がした。

「ぼくは健康ではないけど、注意はちゃんとしている」とサントスが言った。

ベッドの下に手を差し入れて瓶を取り出し、ティムに見せた。瓶には『強壮、疲労回復、消化によいシェリー酒「キーナ」、フェルナンド・A・テリー商会』と記してあった。

サントスはボトルの栓を抜き、貪るように瓶から飲んだ。

「飲め」。ティムの方に手を差し延べて言った。

「いや、よしとくよ」

「飲め、飲め」

「ぼく、慣れてない。ひどい胸やけがあるんだ」

「だからこそ、これをきみにあげるのさ」とサントスは言った。「これは薬用ワインだよ。うまいぞ。飲めったら、こいつ。あっ、こいつと言ってごめんよ。ひょっとして、怖いのかい？」

「とんでもないよ」。ティムは陽気に言った。「なぜ、そんなこと考えるのだね。バーカ」

手の平を首の後ろに回し、肘《ひじ》を高く上げた。

「うまい」と震えながら言った。

サントスはボトルをベッドの下にしまった。急に言った。

「きみ、顔面蒼白だな、ティム。ぼくのそばにいるといつも青白くなるんだな。勉強のし過ぎじゃないのかい」

ティムは立ち上がるとふらついた。頭がふらふらした。街路に出ると広場の噴水のところまで走った。そこで頭を濡らして、それから、しつこくうがいした。はっきりどこがとは言えないが、明らかに気分が悪いのを感じた。彼は数時間すると、試験場の厳格で非情な試験官の前にいることを頭に描いた。受験がまだずっと先の出来事であった頃、彼はサルバドルに言った。『時々、ぼく思うのだけど、裁判官たちは他の人間とはできが違うと思うね。結審の日にはいつも心を家に置いてくるのじゃないのかね』。サルバドルは金色の口ひげを二回しごいて苦笑した。『きみはその裁判官たちの代わりに、法廷にカリタス会〔カトリック教の一派、「カリタス」の意味は「恵み深い」、「神の愛に溢れた」〕と慈善団体からご婦人方を五人招集した方がよいと考えているのだな。そうじゃないのかい』。『いや、そこまでは考えてないよ』とティムは正直に言った。

二日後の夜、ティムはファイバーカートン製の形のくずれたスーツケースを手に持って、駅の方に歩いていた。すると立像の傍でカップルが抱き合っているのを見かけた。

ティムはふと立ち止まった。

「驚いた！」と言った。

夜明けの二時だった。二人は離れた。ティムは、女は誰だろうと思って見た。

「ドーラ」と言った。「ドーラ。きみだったのか」

「おおーっ」とドーラは叫んだ。

痩せ顔の男は少し驚いて言った。

「一番列車に乗る。ドーラちゃんは私を見送りにきたのさ」

ティムはゆっくりとファイバーカートン製のスーツケースを地面に置くと、ドーラに向かって言った。

「きみは『わたしはテオドーラ、家ではテオドリーナと呼ばれている』と言っていたな。この人はきみをドーラちゃんと呼んで、唇にキスしたね。これはなんだね」

男は突然笑い出した。そして言った。

「率直に話しましょうよ。あんたは彼女にとってつまらん男なのさ。それだけの話だ。法律とかそんなもんじゃ、女は満足しないってことさ」

ティムはスーツケースを手にした。ドーラに言った。

「きみは情熱家だよ。これには誰も異論は差し挟めないね」


ティムのお祖父さんのテオは、新築のホテルのオーナーのところにどうやって出頭しようかと、十日もあれこれ迷っていた。フワナ夫人は彼に言った。

「ユニフォーム着ると、あんた、とても颯爽としているよ。袖口と襟に糊付けしてあげる。きっと気に入ってもらえるわ」

女王様通りの件の建物が屋根で覆われて以来、テオはすっかり老け込んでしまった。テオは落ち着きがなくなった。ちょっとした物音にぶるっと震えた。期待、何年も耐えた期待が今頂点に達していると思った。『進むべきか、退くべきか』と何度も独り言を言った。

テオは言った。

「女の問題ではないぞ！」

フワナ夫人は不機嫌な仕草をした。

「とんま！　とんま以上よ」

「なんだって、おれのことをとんま呼ばわりするんだね」

夫人は赤ん坊に近付いた。

「あんたの頭は赤ん坊並みよ。役立たず。ボーイの頭だなんて、とんでもないわ！」

テオはシーラーの英文法の本にしがみついて言った。

「おれはこの頭を悪くさせたくはない。おれはボーイ長にならなくてはいけないのだ。この息子のためにも」

「何のためだって?」夫人が言った。

「そう。その子のためにも頭を悪くさせたくない」と言った。

テオは本のページの上に視線を落とした。しかし本には集中できなかった。再び視線を上げると言った。

「時々、考えるんだけど。四旬節の日曜日のボーイ競走で勝っていたら状況は変わっていたとね。お前が前の晩、おれをイワシの埋葬に引っ張り出してしまったせいだよ。おかげでおれの脈拍が乱れてしまって」

フワナ夫人は怒った。午後になると、諍いが繰り返された。毎晩、テオは言った。『明日はきっと、明日こそ、彼のところに出頭するよ』。しかし翌日になると、また、明日はきっと、ということになり、いつまでたっても明日はやって来なかった。

ある晩、フワナ夫人は彼に言った。

「テオ、いいかい。眠ってしまったエビは流れに持っていかれるって」

「それ、どういう意味だ」

「わたしが言いたいのはね、そんなに問題を先送りしていたら、いつかはきっとあんた、スキを窺っている人に出し抜かれるわ」

「明日はきっと行く。誓うよ」とテオは言った。

テオは事実自体よりも予兆でもっと苦しんでいた。いつも現実よりも予兆の方が怖かった。ある時、前歯を抜きに行こうとしてフワナ夫人に言った。『夜にならないかなあ』。『なぜ夜になって欲しいと思うの?』とフワナ夫人が期待の眼差しで訊くと、『夜になっていれば、抜歯の辛い思いは過ぎてしまってるだろうからね』と彼は答えた。

そして今度は考えていた。『早く明後日にならないかな』と。しかし夜が明けると、テオは現実と向き合う。心臓は胸に高鳴り、膝はがくがくと震え、抑えられなかった。『彼に言おう』と考えた。『そうだ、彼にこう言おう。もう、何年も長い間、この時を夢見て参りました。そして……』。テオは頭の中で否定した。『そうじゃない。慈悲を乞うているのではない。ちゃんとした能力を以って、仕事のポストをお願いしているのだ』。しかしボーイ競走を思い出していた。オルチャータがこぼれ、制服を濡らしてしまい、しょげてしまったことを。ドアのところで止まり、両手を擦り合わせた。『落ち着くのだ』と自分に言い聞かせた。『落ち着けない男はそれだけで負けなのだ』。しかし鎮まろうとすればするほど、心の内の緊張は高まっていった。ボーイの制服を着ていた。襟とカフスにはきちんと糊付けがしてある。待たされている間、呟《つぶや》いた。『冷静に、こんな場合、冷静は知識より価値があるのだ』。そして内心祈った。自分の息子も、息子の息子たちも、こんな目に会って欲しくないなと。『カスティリェホスの戦いの時にはこんなに震えてはいなかったよ、まったく。もっと状況は悪かった。あの時は命懸けだったはずなのに』

その後、大柄の男が歯に挟んだ葉巻を放すことなく、突然大笑いした時、テオはシャツの襟の糊が硬過ぎるように思い始めた。大柄の男はジャケットのボタンを外していた。ベストのポケットのひとつから金の鎖がぶら下がっていた。節度も均整もとれてない、ただ大き過ぎの男に見えた。しかしテオは正しく男の過剰性に圧倒されていた。金鎖の男が言った。

「ところで英語は少しはお出来になるのかな。何か話してくれませんか」

「鉄道は観光業を発展させてくれます」。テオは圧倒されて、訥々と言った。

「あんたは面白い方だ」。大柄の男は葉巻を口から放さずに笑った。

テオは自分の言葉が空ろに響き、説得力がないと気付いていたが、主張した。

「私は手にお盆を乗せて、こんな風に手を広げることができます。私は記憶力があります。奥様方にはきちんと挨拶ができます。紳士の方にはコートを着せてあげることもできます。私はきれい好きです。ちゃんと躾もされております。お願いいたします……」

金鎖の男は腕を広げて大仰な仕草をした。その奥には疲れが見え始めていた。

「無駄ですな」と言った。「もう何ヶ月も前にマドリードで、自分でスタッフを選んであります」

テオはくるっと後ろを向いた。項垂《うなだ》れて、頭は胸の方を向いていた。全身から血が無くなったように感じ、ゆっくりとドアの前に操り人形のように進んで行った。

「ええと、もしもし、あんた！」

テオは電気に触れたように振り返った。太った男が微笑を浮かべてやってくるのを見た。彼の一途な心は再び期待に膨らんだ。

「あのですな」。金鎖の男が優しく大きな手をテオの肩の上に置いて言った。「あんたの強情さが気に入ったよ。あんたにはホテルのメッセンジャーボーイをやってもらいたいが」

「ああ、ありがとうございます」。テオは謙虚に言った。そして謙虚に考えた。『ホテルのメッセンジャーボーイは駄目です。私、年を取り過ぎています』。しかし謙虚に返した。「信じて下さい。今日の私の話をもう一度、初めからし直させて下さればと思いますが」。金鎖の男を傷つけないために、これ以上、話を続けたくなかった。

国家試験受験生のティムは今考えた。『人生には、これは確実と思っているのに失敗することがある。しかしお前はいきり立ってはならない、ティムよ。冷静になることだ。この期に及んで必要なことは冷静さだ』と。一息いれようと、売店の前でちょっとの間立ち止まった。指の骨をぽきぽきと鳴らし、スーツケースを手にすると、歩み続けた。独り言を言った。『去年会ったきりのパルミラさんはどうしておられるだろうか』と。

パルミラさんは温情溢れる眼差しで、彼を分厚いレンズ越しに見た。旅の疲れが肩に重くのしかかっていた。通りから朝の騒音が水蒸気のように立ち昇って、開け放たれたバルコニーから中に入っていた。

「ティモテオ様、ようこそ、またこちらに」

「そうなんですよ」

「おかげんが悪いのですか。お痩せになって」

「旅のせいですよ」

「旅行でさぞお疲れになったでしょう?」

「夜の旅行は体によくないですね」

「どうぞ、どうぞ、ティモテオ様、奥へ」と女主人は言った。「たった今、相客の方がいらっしゃいました」

二人が入って行くと、相客は立ち上がった。

「クラウディオ・バラハと申します。よろしく」とティムに言った。

「ティモテオ・フェルナンデスです」と答えた。「調子はどうですか?」

「不景気ですね」とクラウディオ・バラハが言った。「不景気を追い払える人なんていませんね」

テーブルの上に大きな包みを広げた。ティムはそれを見るともなく見ていた。

「所有ですか?」と尋ねた。「あんたも日々所有と戦っているのですね」

クラウディオは言った。

「何かおっしゃりたいのですか。所有とは何かを手短に私に言ってくれる人に出会ったことがありません。所有って売春婦みたいだとは思いませんか?」

ちょうどその時、パルミラさんは席を外していた。

「私にそれができればね！」とティムは言いながら、髭剃り道具を棚の上に並べた。

彼らは夜遅くまで勉強した。テーブルの片側に一人ずつ座った。ティムは指の骨をぽきぽきいわせて楽しんだ。明け方の三時半過ぎ、クラウディオ・バラハは目を上げた。

「あんたはどちらからですか？」

「パレンシア〔スペインのカスティリヤ・イ・レオン州パレンシア県の県都。スペイン中央部よりやや北。人口約八万二千人〕です。あなたは？」

「グワダラハラ〔カスティリヤ・ラ・マンチャ州グワダラハラ県の県都。人口約七万三千人〕です」

「この受験勉強始めてから何年になりますか」とティムは言った。

「八年。あなたは？」

「十二年です。私の勝ちですね」

横になった時、クラウディオ・バラハがティムに言った。

「あんたは痩せている」

ティムは自分の肋骨が恥ずかしかった。

「あんた、タバコはやらないのでしょう？」とティムは尋ねた。

「タバコは三ヶ月前に止めましたよ。煙でくらくらするし、声を悪くしますよ」

ティムは言った。

「あんたの意志堅固さはどこにあるのですか?」

「私の意志堅固さですか?」

「そうですね。もし私が毎朝、胸部屈伸を十回、脇の下の冷水摩擦をやらなければ堕落ですね。おかしいですか?」

ティムは考えていた。『おれはまったく白紙状態さ。十二年前と比べて今まったく、何も進歩してない』

クラウディオ・バラハはベッドに入った。

「ぼくの意志堅固ねえ。わからないな」

二人共寝ている時、ティムの声が暗がりで聞こえた。

「バラハ、電気点けてくれるか?」

クラウディオは電気を点けた。

「どうかしたのか」と言った。

「ぼくは体を冷やさなくちゃならなかった」とティムは言った。「おなかが痛い」

ベッドを出て戻ってきた。戻るちょっと前にトイレの水洗の音が聞こえた。

「バラハ」。ティムが言った。「ぼくには恋人がいた。夜中の二時に、ぼくじゃない男とキスしているのを見たのさ。どうすべきと思うかね?」

クラウディオ・バラハは、ひゅーっと口笛を吹いた。

「その方がもっとよかったよ」

「もっとよかったって、どういう意味だい」

「それがきみの恋人じゃなくて奥さんだったとしたら、事態はもっと悪かったということだね。彼女なんてどっかに打っちゃっとけよ！」

「電気消せ」

ティムはうつ伏せに寝た。不規則な間隔で猛烈にお腹が痛くなった。腹痛を布団で押さえ込もうと思った。

「ぼく、試験にさえ受かったら、ドーラなんてどうでもいいよ」と付け加えた。

「ドーラって、誰だい」

「その恋人だよ」

「そんな女、恋人じゃない。娼婦さ」

眠る前にティムは、試験場で自分の名前が呼ばれた時、お腹が痛くなるだろうなと予感した。時々、とりわけ体が弱っている時、ティムは予兆を感じ、予兆はその後必ず当たった。彼はパルミラさんに言った。『大腸炎に効く良い薬お持ちですか？』と。『わたしにはよくわかりませんけど、ティモテオ様、世の中、進歩はいたしましても、痛みを取るには時間が掛かるのではないでしょうか』と女主人は言った。

教室では、憮然とした五つの試験官たちの表情が、彼の下腹にきりきりと痛みとなって跳ね返った。それは五つの、学問によって疲れた学者の謎を秘めた表情であった。椅子に座っている可哀そうな受験生に着剣して挑む十の目があった。部屋の中にティムの名前が呼ばれ、それが奇妙に響いた時、また差し込むような急激な腹痛が襲った。洗練された明るさで、試験を受け終わったばかりのサルバドルの姿がちらっと見えた。なんの屈託もなく、ティムに頑張れよの合図を二列目の席から送ってきた。ティムは考えた、『心の中じゃ、落ちれと思っているな』と。ティムは通路を進んで行った。腹痛で少し縮こまり、体を曲げていた。五人の試験官たちは憎しみをもって自分を見ているのではないかという気がした。条文選びのための数字が記してあるボールを取り出す時、手が震えた。『幸運を！』と呟いた。

「五十八条『所有』です」と試験委員長が言った。

瞬間、お腹の痛みが消えた。ティムは着席した。しかし所有のことを考えてはいなかった。この椅子に縛り付けられて、一時間の間、休みなく話し続けなければならないことを考えていた。独り言を言った。『もしうまく始められなかったら、条文を棒読みすればよい。なんでもよいのだ、黙り込むのだけはよくない』。咳払いをした。またお腹が痛くなった。同時に、自分の足のサイズは四一〔日本の二十五に相当〕だが、急に四三〔同、二十六に相当〕になってしまったように感じた。靴が足をぎゅっと締め付けた。試験のテーマのタイトルを二回読んだが、意味が分からなかった。目を上げる。試験官たちの強迫的な目がまた、こちらの視線を威嚇するように捕らえる。混乱の最中にあって、指の骨を押さえた。指の骨がぽきぽきと鳴る音が部屋中に鳴り響き、彼は息を詰まらせた。暗い声を聞いた。

「受験生さん、よろしい時にどうぞ始めて下さい」

お腹の痛みは激しくなった。ティムは幻覚に悩まされた。汗がこめかみを流れてくると、自分が今いるのは責任を果たさねばならない椅子ではなく、パルミラさんのところのゆったりしたトイレの中に座っているような気がした。訥々と話した。

「所有……自然所有とは、ある物を占有することであります。そうです。その通りです。人により、ある物の占有、若しくは権利を享受することであり……」

声は奇妙に虚ろに響いた。まるで自分が発しているのではなく、丸天井の高い所から聞こえてくるような重苦しい声であった。

『その続きはなんだったかな?』と悲痛な思いで自問した。再び襲ったお腹の差し込みを堪《こら》えようと唇を噛んだ。その時だった。天井と壁が不可解にもその位置を変えた。ティムは汗で濡れた額を手でそっと拭った。ガラス窓の向こうから、春の日曜日、ピクニックから帰ってくる人の群の歌声を聞いたような気がした。『十二年だ、ティム。今立ち上がると、これから十五か二十ヶ月の間、勉強とおさらばできるじゃないか。そんなこと、わからないけど』と独り言を言った。震えながら急いで言った。

「第四三七条によりますと」と言って止めた。「そうです。四三七条だったと思いますが、所有の対象物は占有可能の物及び権利に限られます」

ふと彼は書見台とテーブルの上の丸い電光が懐かしくなった。目を閉じた。母親の声をはっきりと聞いた。『ティム、ラモンが手首切ったよ』。彼は鎮まろうと努めた。『四三八条はどのように始まっていたかなぁ。もう、おれ駄目だ。立ち直れない』と独り言を言った。ドーラの恋人の痩せた顔がはっきり見えた。『法律とかそんなくだらんもんで、女は満足しないさ』。お腹が差し込んできて、呻き声を抑えることができなかった。汗がたらたらと流れた。靴の皮が足を圧迫して、耐え切れなくなった。足を圧迫し、お腹を突き刺しているのは、強迫的に彼を見据えた試験官たちの目であった。ティムには、彼らは人間には見えなかった。

突然、おとなしく言った。

「本当のことを申し上げれば、諸先生方。私は『所有』も『傭船契約』も知らないのです。それに、折衷主義の支持者でもありません。しかし条文は暗記しております。厳しい受験勉強を十二年間続けてきました。私の頭はもはや子供の頭ではありません。人はそれぞれ不備、欠点を持っておりますが、無知とは違います。この二、三日、私は逆境に置かれておりまして。私のプライバシーに属することですが、弟とか……許婚者とかの……問題で不幸な目に遭っています。おまけに腹痛とか……結局、信じて下さい。私は同情を得ようとしているのではありませんが……」

急に話を止めると周囲を見回した。合図を送っているクラウディオ・バラハの驚いたような丸い顔に出くわした。試験委員長は手元の小鈴を苛々したように振った。

助手がティムに近付いた。優しく脇を抱えた。クラウディオ・バラハとサルバドルも彼の方にやってきた。ティムは沈黙を破った。

「それで、ここで、いったい何が起こったのですか?」大声で言った。

「しーっ」と助手が言った。

通路でクラウディオ・バラハが言った。

「なぜ、あんたは躍起になって『所有』を始めたんですか。テーマはあと二つあって、選択できることになっていたのに」

ティムは突如として、世界の最高の幸せの中にあった。これで、あと二年間はこの苦しい目に遭うことはなくなったと思うとほっとした。『落ち着くのだ』と独り言を言った。もうお腹は痛くなかった。靴も足を圧迫していなかった。足のサイズも四十一に戻っていた。彼は言った。

「さあ、みんな、バーに行こう。みなさんに一杯奢らせてもらうよ」

バーに入ると四杯、息も継がずに飲んだ。クラウディオ・バラハとサルバドルも息を継がずに四杯飲んだ。バラハが言った。

「われわれは何かを忘れなくちゃならないようだね」

ティムはもう一杯飲んだ。

「おれは」と言った。「一日十二時間勉強しないで済むようになったおれのような人間は、いったい何をすればよいのかね」

「退屈だろうな。そうだろう？」サルバドルはしみじみ言った。

「そうなんだ」とティムは言った。「おれは何していいか分からない。一日一日がおれにはえらく長くなるだろうな」

サントスはどうしたかなと、ちらっと気がかりになったが、ちょうどその時、皮のジャンパーを着たタクシー運転手が入ってきたので、彼を兄弟のように抱擁した。

「飲めよ！」と言った。「おれ、落第はするし、恋人には振られるし」

「そいつは飲まなくちゃな」とタクシー運転手が言った。そしてティムが差し出したグラスをぐいっと空けた。

終

訳者あとがき

一九二〇年生まれのミゲル・デリーベスは、スペイン内戦の始まった一九三六年に高校を卒業し、内戦中は海軍に入った。一九三九年除隊するとバリャドリードの高等商業専門学校（以下、高商と略す）と工芸専門学校に入学し、商法と塑像を勉強した。商法の講義をしてくれたホアキン・ガリーゲスの商法条文の解釈と作成法の授業で、正確な文章作成術を学んで刺激されたと語っている。〝ガリーゲス先生〟の名前は『レール』の中にも商法の権威として出てくるが、卒業後も交流があり、尊敬していた。この文章作成術は一九四〇年に入社したノルテ・デ・カスティリャ新聞社で、新聞の文章作りに役立ったとしている。一九四六年アンヘレス・デ・カストロと結婚するが、婚約時代のアンヘレスはデリーベスの書く新聞の文章を読み、その文才に気付き、彼に小説を書くように勧めた。こうして書き始めた『糸杉の影は長い』は一九四八年度のナダル賞を受賞し、文学界に入ることになった。

高商を卒業したデリーベスは同校の講師となった。一九四三年ころのデリーベスの生活は多忙を極めた。午前中の半分は高商の教壇に立ち、午後は三時間、新聞社に勤め、夜は三時間を家庭の団欒にあて、午前中の空いた時間に小説を書き、許婚のアンヘレスとのデートもしなければならなかった。空いた時間には商法士（国家試験）の受験勉強もした。一九四五年、試験合格後は同校の教授になった。土・日は父譲りの趣味の猟に鉄砲担いで山野を駆け巡り、釣竿下げて魚釣りに行くという生活を送った。

『そよ吹く南風にまどろむ』（原題：Siestas con viento sur）は、一九五七年発表の四つの作品が含まれる短、中篇集であり、同年度の王立アカデミア協会のファステンラス賞を受賞している。氏の作品は、大きくは農村ものと都会ものに分けられる。本書の「死装束」と「クルミの木」は農村もの、「狂人」と「レール」は都会ものである。人間の感情の自然な発露は、複雑な生活の都会より農村を舞台とした方が書きやすいと言っている。氏は中都市のバリャドリードに居を構え、同市のノルテ・デ・カスティリャ新聞社に勤めながら小説を書いたが、執筆に疲れると、ブルゴス郊外のセダノという自然がいっぱいの農村の別荘に移り、英気を養い、セダノでも執筆した。

都会ものと農村ものの書き分けは、氏のこのような変化のある生活によるものかもしれない。

「死装束」は人里離れた発電所のダムのほとりの、年端もいかない少年と父との生活の中、ある日、突然父が亡くなるが、素っ裸で死んだ父の死体を村人たちに見せてはならないとの思いで着物を着せようと格闘する話である。父の友人を訪ね、助力を頼むが断られる。そこへ助けてあげようという人が現れる。しかしタダじゃ駄目だという大人の男との人生初の交渉を通じ、大人との駆け引きと人を動かす方法を学習し、短時間の間にあどけない子供時代を脱し、大人になっていく過程を描いている。子供、身近な人々、死、自然というデリーベス本来の四つのテーマが過不足なく融合した作品であろう。

「狂人」は都会ものに属する。デリーベスの祖父は十九世紀半ば、フランスのトゥールーズからスペイン北部のアラル・デル・レイとサンタンデル間の鉄道敷設団の一員としてスペインに派遣されたフリードリッヒ・ドリーブという名のフランス人であった。作曲家のレオ・ドリーブの甥にあたる人だという。ドリーブ氏は鉄道敷設の仕事を終えてもスペインに居続け、スペイン女性と結婚して、ドリーブのスペイン語読みのデリーベス氏となった。この小説は相見《あいまみ》えることのなかった祖父の生国フランスへの回帰がテーマになっている。ある銀行勤めの男が、ある時出会った人物の既視感に捕らわれ、それを突き詰めてフランスの昔の故郷まで追跡していく話で、デリーベス作品の中では珍しく推理小説仕立てになっている。自分の兄への手紙という形式で語られるが、手紙形式の小説は他にも『好色六十路の恋文』（一九八三）がある。氏が用いる一人称小説の発表形式の一つである。一人称小説の形式としては他に『マリオとの五時間』や『灰地に赤の夫人像』のモノローグものや、『猟人日記』（一九五五）、『移民者日記』（一九五八）、『年金受給者日記』（一九九六）などの日記体がある。デリーベスの作品には〝死〟の場面が多いが、〝死〟または〝死後〟を死者の立場から壮絶に描いている。

「クルミの木」はクルミ叩き名人の老父が、その叩きの術をぜひとも息子に教え込まねばと意気込むが、誠意はあっても屁理屈と怠惰でなかなかその気になってくれない息子に、早く教え込まねば自分の生命の終りがやってくるという焦燥感を描いている。背景は自然がいっぱいの農村である。

詩人のエスペランサ・オルテガは、デリーベスの作品の中でどれが一番好きかとのアンケートで「クルミの木」を挙げている。自然の中での、クルミ叩きの名人『老ニーロ』と『若ニーロ』親子の会話が飄々と流れ、二人の息遣いまで聞こえる。加えてクルミの木の言葉も聞こえてくる。この作品を読み進めるにつれて、これを書いた人の存在を忘れ、読者一人一人の内なる声のようなナレーターの声を聞くようになると述べている。デリーベスの自然描写は魔術のように眼前に景色を現出させると初代ナダル賞受賞者のカルメン・ラフォーレは評しているが、景色ばかりでなく樹木の発する声までも聞こえてくる作品である。

「レール」は商法士という国家資格試験に挑戦していた、一九四〇年代前半の受験勉強時代の思い出が下敷きになっている。フランスからやってきてスペイン人となった祖父と面識はない。バリャドリードで製材業を起こした苦労人だったが、孫（自分）と対比し、祖父の作り上げた鉄道のレールが平行なように、祖父も自分の受験勉強と同じような試練を重ねていたのだなという思いで描かれている。高商では商法の他に歴史も講義していたが、本作品の中では一八三〇年代から十九世紀中葉にかけてのスペインの歴史を語っている。祖父の話と孫の話を一対のレールのように対比させながら交互に語っている。デリーベス研究家ハビエル・ゴーニの「デリーベスとの五時間」という対談の中でデリーベスは商法士の国家試験に触れ、その時の試験委員長はホアキン・ガリーゲス先生だったと語っているが、「レール」の中でサルバドルという受験生が持っている秘密の「コネ」を超越した、次元の高いガリーゲス先生との子弟の結びつきがあったデリーベスは、難なくガリーゲス先生の口頭試問をパスしたものであろう。

デリーベスは生涯二十の長篇小説を書き、本書のような中短篇小説を書き、日記、随筆、旅行記、狩猟、釣りの本など六十七冊の本を書いている。一九七三年にはアカデミア入りを果たし、セルバンテス賞を始め、国の内外から数々の文学賞、称号を受けている。功なり名遂げた大作家だが、一九九八年作の『異端者』を実質的な遺作とし、結腸ガンにたおれ再起することなく、二〇一〇年三月十二日、自分を文学の道に導いてくれ、文学活動を支え、成功させ、一九七四年に先立って行った愛妻アンヘレス・デ・カストロのもとへと旅立った。取り沙汰されていたノーベル賞受賞は果たせぬまま終わった。狩猟を趣味とし、自然の中を走り回る生活が高じ、自然を大事にせねばという、使命感にも似た思いから自然環境保護を社会に訴え続けた。デリーベスの作品の自然描写はこのような自然への愛着に根ざしている。二〇〇八年にはサラマンカ大学から「自然環境の保護者」として名誉博士号を贈られている。

なお「クルミの木」の中の身体障害を表す語彙とその人の話し方の描写は、現代の標準では不適切だが、文学と翻訳の性格上お赦し頂きたい。

神田外語大学の江藤一郎元教授、早稲田大学のアルフレド・ロペス教授にはスペイン語の解釈で助力を得た。「レール」の訳文中のスペイン法について、スペイン法の大家、元南山大学教授の黒田清彦氏とスペイン語の翻訳・通訳をされている夫人の薫子氏にもレクチャーを頂いた。以上の諸氏に感謝を捧げたい。

さらに本書が日の目を見るまでお世話になった彩流社の竹内敦夫会長、朴洵利氏にも感謝したい。

喜多延鷹

【著者について】

ミゲル・デリーベス Miguel Delibes（1920-2010）

20 世紀のスペインを代表する作家の一人。『糸杉の影は長い』（1947）でナダル賞を受賞し文壇登場。自然の中で伸び伸びと生きる子どもたちを描いた『エル・カミーノ（道）』（1950）で確固たる地位を得た。以後、家族・子ども・自然・死をテーマに、独自のスタイルで数多くの作品を発表し、セルバンテス賞を始め、多くの文学賞を獲得した。活動時期はフランコの厳しい検閲（1940-1975）と重なるが、検閲を巧みにかわし抵抗した『ネズミ』（1962）や『マリオとの五時間』（1966）もある。（上記の作品はすべて彩流社刊）

【訳者について】

喜多延鷹（きた・のぶたか）

1932 年長崎市生まれ。1956 年東京外国語大学イスパニア語学科卒業。

訳書にミゲル・デリーベス『好色六十路の恋文』（西和書林、1989 年）、『灰地に赤の夫人像』（彩流社、1995 年）、『エル・カミーノ（道）』（彩流社、2000 年）、『ネズミ』（彩流社、2009 年）、フワン・ラモン・サラゴサ『殺人協奏曲』（新潮社、1984 年）、『煙草　カリフォルニアウイルス』（文芸社、2016 年）がある。

そよ吹《ふ》く南風《みなみかぜ》にまどろむ

2020 年 5 月 30 日初版第 1 刷　　定価はカバーに表示してあります。

著者　ミゲル・デリーベス
訳者　喜多延鷹
発行者　河野和憲

発行所　株式会社　彩流社

〒101-0051 東京都千代田区神田神保町 3-10 大行ビル 6 階
TEL 03-3234-5931 FAX 03-3234-5932
ウェブサイト http://www.sairyusha.co.jp
E-mail sairyusha@sairyusha.co.jp

印刷　モリモト印刷㈱
製本　㈱難波製本
装画　喜多木ノ実
装幀　大倉真一郎

ISBN 978-4-7791-2671-0 C0097

落ちた王子さま

ミゲル・デリーベス 著
岩根圀和 訳

スペイン・モロッコ戦争を背景に、子どもと大人の眼を通して複雑な家庭問題と夫婦間の微妙な関係を描く、楽しくも悲しみに満ちた物語。スペイン文学のベストセラーの初訳！

（四六判上製・一九〇〇円＋税）

糸杉の影は長い

ミゲル・デリーベス 著
岩根圀和 訳

ノーベル文学賞の受賞に限りなく近いといわれたスペインの国民的作家ミゲル・デリーベスの「ナダル賞」受賞の長編！　デリーベスの生涯のテーマである「幼年時代への回想と死へのこだわり」が糸杉の影に託して色濃く投影された作品。

（四六判並製・二五〇〇円＋税）

ネズミ

ミゲル・デリーベス 著
喜多延鷹 訳

ノーベル賞候補のスペイン文学を代表する国民作家の記念碑的な作品！　フランコ独裁政権下、作家として抵抗する作者デリーベスが、カスティーリャ地方の貧しい農村の描写を通して、その怒りを文学に昇華させたロングセラー！

（四六判上製・二二〇〇円＋税）

マリオとの五時間

ミゲル・デリーベス 著
喜多延鷹 訳

スペインのベストセラー作家が、急死した夫マリオを前に語る妻カルメンの独白を、特異な文体で描く異色の作品！　時空を越えて途切れることなく連綿と語る妻の心理を緻密に描き出し、人間の孤独に鋭く迫る。

（四六判並製・二二〇〇円＋税）

エル・カミーノ〈道〉

ミゲル・デリーベス 著
喜多延鷹 訳

少年の息づかいが聞こえてくる、山村での甘酸っぱく、ほろ苦い青春、そして日々の生活。ベストセラー作家が描く文学史にのこる〝スペイン版スタンド・バイ・ミー〟。

（四六判上製・二二〇〇円＋税）

灰地に赤の夫人像

ミゲル・デリーベス 著
喜多延鷹 訳

独裁者フランコの死を前に騒然とした空気に包まれたカスティリャの小都市で、つつましい生活を送る画家が、亡き妻の思い出を娘に語りかける悲哀に満ちた物語。

（四六判上製・一六五〇円＋税）

赤い紙

ミゲル・デリーベス 著
岩根圀和 訳

スペインで百三十万部を越すロングセラー。カスティーリャ地方を舞台に、妻と死別し、友人も次々と先立ち、自慢の息子も都会へ出て行った定年退職後のエロイ老人の孤独感を、お手伝いの田舎娘デシーとの日常生活を通じて描く。

（四六判上製・二〇〇〇円＋税）

新訳 ドン・キホーテ【前・後編】

セルバンテス 著
岩根圀和 訳

十七世紀スペインのキリスト教とイスラム教世界の対立を背景に、ラ・マンチャの男の狂気とユーモアに込められた奇想天外な騎士道物語！

（A5判上製・各四五〇〇円＋税）

アマディス・デ・ガウラ（上・下）

ガルシ・ロドリゲス・デ・モンタルボ 著
岩根圀和 訳

不義の子「アマディス（アマデウス）」についての物語「アーサー王伝説」につらなる、全ヨーロッパを舞台にしたアマディスとオリアナ姫との禁断の恋と、各国との死闘を描く奇想天外な伝説の大長編！

（A5判上製・各六五〇〇円＋税）

エスプランディアンの武勲

ガルシ・ロドリゲス・デ・モンタルボ 著
岩根圀和 訳

コンスタンチノープル防衛のための異教徒トルコ軍との戦い——天下無敵の父アマディス・デ・ガウラの子『コンスタンチノープル皇帝エスプランディアン』の波瀾万丈の世界を描く古典的名書。スペイン版「騎士道物語」『アマディス・デ・ガウラ』の続編。

（A5判上製・五〇〇〇円＋税）